**Danke, meine liebe Petra!
Danke, Antje, danke Michael!**

Kulturschock, Integration, Diskriminierung, Ehrensache, Doppelpass und andere Geschichten

Nazım Kıygı

Bibliografische Information der Deutschen Nationalbibliothek: Die Deutsche Nationalbibliothek verzeichnet diese Publikation in der Deutschen Nationalbibliografie. Detaillierte bibliografische Daten sind im Internet über dnb.dnb.de abrufbar.

TWENTYSIX
Eine Marke der Books on Demand GmbH

© 2023 Nazim Kiygi

Herstellung und Verlag: BoD – Books on Demand, Norderstedt

ISBN 9783740731755

Kulturschock

Den ersten Teil der folgenden Geschichten hätte ich genauso gut auf Englisch schreiben können, denn zu jener Zeit, als mein Leben Bewusstsein erlangte und meine Erinnerungen einsetzten, kannte ich keine andere Sprache als die englische. Chronologisch gesehen, schreibe ich diese Geschichten in einer Sprache, nämlich Deutsch, die meine dritt-erlernte Sprache ist.

Der Begriff „Kulturschock" wurde 1951 von der US-amerikanischen Anthropologin Cora DuBois eingeführt und bezeichnet den schockartigen Gefühls-zustand, in den Menschen verfallen können, wenn sie mit einer fremden Kultur zusammentreffen.

Meinen ersten Kulturschock dürfte ich kurz nach Einführung dieses Begriffes erlitten haben. Was für ein Glück, sonst hätte ich den Begriff so oder ähnlich selbst erfinden müssen.

Im Jahre 1952, ich war damals zweieinhalb Jahre alt, flog ich mit meiner Mutter von Istanbul, der Stadt meiner Geburt, über London in die USA, nach Cleveland, Ohio, zu meinem Vater, der dort als Arzt tätig war.

Meine Erinnerungen an diese Reise müssen auf den Erzählungen meiner Mutter basieren. Das ist meine Vermutung. Ob ich mich an diese Reise ohne die späteren Erzählungen meiner Mutter erinnern könnte, kann ich nicht sagen.

Auf jeden Fall kann ich mich aber an den Winter des Jahres 1963 erinnern. Ich war 14 Jahre alt. Wir wohnten in einer Zwei-Zimmer-Wohnung in Wanne-Eickel in Deutschland. Die Heizung war ausgefallen, und es war bitterkalt. Aus diesem Anlass erzählte mir meine Mutter von unserer Reise in die USA - mit Zwischenlandung in England. Sie berichtete, wie wir in London im Hotel übernachtet hatten und sie keine Münzen für die Heizung gehabt hatte, denn zu jener Zeit musste man Münzen einwerfen, um die Heizung im Hotel einzustellen.

Nachtrag: War das mein erster Kultur-Schock gewesen? Die Kälte? Die Kälte in einem Londoner Hotel? Wieviel von dieser bitterkalten Nacht hatte ich mitbekommen als zweieinhalbjähriges Kind?

Sie haben zu viel Schokolade gegessen

Es war irgendwann in den 50-er Jahren. Meine Schwester war noch nicht dabei, also – denke ich – war es vor ihrer Geburt, irgendwann 1954 oder 1955. Ich war mit meinen Eltern in Chicago – es kann auch Baltimore gewesen sein. Ich würde meine Eltern gerne fragen, wo genau es war, aber sie leben nicht mehr. Möglich, dass sie es selbst nicht wüssten– nach so langer Zeit. Vielleicht war es ja auch Philadelphia. Auf jeden Fall war es eine große Stadt in Pennsylvania. Ich kann mich noch unscharf an einen sonnigen, warmen Tag erinnern. An und in einem Springbrunnen spielten Kinder, und sie waren <u>schwarz</u>! Fasziniert machte ich meine Mutter auf sie aufmerksam und sagte: „Mom, they're black!" = „Mama, sie sind schwarz!" Kurz und lapidar erwiderte meine Mutter: „They ate too much chocolate" = „Sie haben zu viel Schokolade gegessen.".

Für einen kleinen Jungen, der bis dahin noch nie dunkelhäutige Menschen gesehen hatte, war die Erklärung kurz, verständlich, logisch und, falls Zweifel bestehen sollten, jedenfalls unwiderlegbar.

„Sie haben zu viel Schokolade gegessen."

Nachtrag: So war meine Mutter. Ich habe diese Erklärung damals nicht angezweifelt. Und wenn ich Schokolade gegessen hatte, untersuchte ich mich jetzt daraufhin, ob irgendwelche Hautveränderungen an meinem Körper zu sehen waren.

Nigger-Lover

1957 zogen wir von Pennsylvania nach North Carolina. Überall gab es Schilder wie „whites only" = „nur Weiße" und „blacks only" = „nur Schwarze".

Ich ging in die dritte Klasse. In der Pause spielte ich mit einigen anderen Jungen „catchen" mit dem Baseball. In der Runde warfen wir den Ball hin und her. Ein Junge, der 'zu viel Schokolade gegessen hatte', schaute zu. Es gab nicht viele solcher Kinder in der Schule. In meiner Klasse waren gar keine. Als ich den Ball hatte, warf ich ihn dem Jungen, der 'zu viel Schokolade gegessen hatte', zu. Reflexartig fing er den Ball auf, ließ ihn jedoch ebenso schnell wieder fallen. Die anderen Jungen, die gespielt hatten, standen wie versteinert da. Der Ball blieb auf der Erde liegen. Die Pause war zu Ende. Wir gingen zurück in die Klasse.

Ich merkte, dass ich etwas gemacht hatte, was nicht in Ordnung war. Aber was? Als wir im Klassenraum zurück waren, fragte ich Bobby, der neben mir saß, was denn los sei? Er antwortete nicht. Als ich ihn am Arm schüttelte, schrie er: „Lass mich in Ruhe!" Wir mussten beide nachsitzen wegen Ruhestörung.

Nach dem Unterricht saßen wir beide also alleine im Klassenraum. Ich fragte Bobby noch einmal, was denn passiert sei. Er schaute an mir vorbei und murmelte: „Nigger-Lover!". Inzwischen wusste ich, dass „Nigger" etwas Schlimmes war. Was genau schlimm daran war, wusste ich nicht, aber in dem Augenblick war das auch nicht wichtig. Wichtig war, dass Bobby mich beleidigt hatte, und ich war wütend. Ich stand auf und ging auf ihn los.

Nach so langer Zeit erinnere mich nicht mehr an alle Einzelheiten unserer Rauferei. Irgendwann bin ich jedenfalls gestolpert und hingefallen. Ich stand noch einmal auf, um auf Bobby loszugehen. Ich kann mich gut an seinen Gesichtsausdruck erinnern, an die Angst in seinen Augen.

Schreiend lief er aus dem Klassenraum. Aus meinem Kopf tropfte Blut. Ich kann mich nur noch schwach daran erinnern, dass die Klassentür aufging und Mrs. Watson, die Klassenlehrerin, hereinkam. Auch sie schaute mich an, als ob etwas sehr Schlimmes geschehen wäre. Dann wurde mir schwarz vor den Augen.

Als ich später im Krankenhaus zu mir kam, erfuhr ich Folgendes: Bei dem Gerangel mit Bobby war ich gestolpert und hatte mir die rechte Augenbraue mit der Kante eines Stuhls aufgeschlitzt. Die Schulleitung hatte das Krankenhaus angerufen. Dieses hatte sofort einen Krankenwagen geschickt und meine Eltern benachrichtigt. Alles hatte oberste Priorität, zumal mein Vater Arzt in eben diesem Krankenhaus war. Zurück blieb eine Narbe, die mir zukünftig einigermaßen Respekt verschaffte.

Nachtrag: Niemand sprach mich danach nochmals auf meinen Ruf als „Nigger-Lover" an. Und ich vermied zukünftig jeglichen Kontakt zu schwarzhäutigen Schülern. Das war auch nicht schwierig, denn die Weißen blieben ohnehin unter sich und die Schwarzen - wie auch zuvor -ebenfalls.

Die Straßenkinder von Neapel

1958 war ich mit meiner Familie zwei Wochen lang in Neapel. Wir waren mit einem Ozeandampfer von New York nach Neapel gekommen und warteten auf das nächste Schiff, das uns nach Istanbul bringen würde.

Wenn ich mit meinem Vater durch die Straßen von Neapel ging, verfolgte uns unauffällig eine Gruppe von Kindern. Die meisten von ihnen waren in meinem Alter, so um die acht bis neun Jahre alt. Manche der Kinder trugen keine Schuhe und liefen barfuß. Sobald mein Vater eine Zigaretten-Kippe auf die Straße warf, war der Stummel im Nu weg. Die Kinder sammelten sie ein.

An einen der Jungen erinnere mich besonders gut. Auch er trug keine Schuhe. Seine Hose war überall zerrissen. Er hatte sie sich mit einer Schnur um die Taille gebunden, damit sie nicht herunterrutschte. Sein Oberkörper war nackt und von der Sonne fast schwarz gebrannt. Er bewegte sich wie ein wildes Tier, das auf Beutezug ist. Mal war er hinter mir und dann wieder weg. Dann wieder tauchte er wie aus dem Nichts auf und schnappte den weggeworfenen Zigarettenstummel meines Vaters mit einem eleganten Hechtsprung vor all den anderen Kindern weg. Angst hatte ich zu dieser Zeit nicht vor den Kindern, denn sie waren nur hinter den Zigarettenstummeln meines Vaters her. Ein paar Tage später sollte ich allerdings eines Besseren belehrt werden.

An jenem Tag hatte meine Mutter keine Lust, in den Straßen von Neapel herumzulaufen. Sie blieb mit meiner Schwester im Hotel, während ich mit meinem Vater die Stadt erforschte. In einem Laden kaufte mein Vater Süßigkeiten. Ich suchte eine Tafel Schokolade für mich aus. Vor dem Laden wollte ich die Schokolade auspacken. Ich hielt sie in der rechten Hand – dann hatte ich sie nicht mehr! Ich erkannte den Jungen mit der zerrissenen Hose und ohne Schuhe wieder. Er verschwand mit meiner Schokolade um die Ecke. Er musste uns unauffällig gefolgt sein. Mein Vater murmelte irgendetwas wie: „Das nächste Mal passt du besser auf. Wir sind hier in einem Dschungel." Der Verlust meiner Schokolade am helllichten Tage sensibilisierte mich so sehr, dass ich zukünftig in alle vier Richtungen Ausschau hielt, wenn wir auf der Straße waren. Wir waren noch einige Tage in Neapel. Ich habe den Jungen ohne Schuhe nie wieder gesehen.

Nachtrag: Sechzig Jahre später lese ich in der Tageszeitung folgendes: „Neapel. Gaetano, ein 15-jähriger Junge aus Neapel, will nur einen entspannten Nachmittag mit seinen Cousins verbringen. Doch daraus wird nichts. An einer U-Bahn-Haltestelle wird er von gleichaltrigen Jungs krankenhausreif geschlagen. Einfach so. Die Gang will nicht sein Geld und nicht sein Handy. Sie will – so krank es klingt – einfach nur ihren Spaß." Die Zeitungen reden von „Baby-Gangs", die Gleichaltrige terrorisieren.

Dagegen waren die „Baby-Gangs" in Neapel vor sechzig Jahren anständig. Sie hatten sogar eine erzieherische Funktion. Sie lehrten doch unerfahrene, gleichaltrige Jungs wie mich, auf ihr Hab und Gut aufzupassen.

Die Kinder der Nachbarschaft

Im Frühjahr 1958 kamen wir - meine Mutter, mein Vater, meine Schwester und ich - in Istanbul an. Wir bekamen ein Haus eines Onkels meiner Mutter zum Wohnen gestellt. Es war in einem parkähnlichen Anwesen auf der anatolischen Seite des Bosporus gelegen. Meine Cousine, die auf dem Nachbargrundstück bei einer

Großtante wohnte und ein Jahr älter war als ich, nahm mich mit in die Grundschule, in die vierte Klasse. Nach der Schule bekam ich Privatunterricht, denn ich sprach kaum Türkisch.

Neben unserem Haus war ein freies Feld. Dort spielten die Kinder aus der Nachbarschaft Fußball. Sie nannten das Spiel Fußball, jedoch war der Ball rund. Ich kannte damals nur ein Spiel namens Fußball, und das war *(American)* „Football".

Eines Nachmittags versammelten sich wieder einige Kinder auf dem Feld. Ich lief zu ihnen hin, mit meinem „Football" in der Hand. Ich warf ihn einem der Kinder zu, das sich duckte, als der „Football" an ihm vorbeiflog, auf dem Boden landete, und - wie es bei einem solchen nichtrunden Ball der Fall ist -, hin- und hersprang, bis er zum Liegen kam. An den Reaktionen der Kinder merkte ich, dass keines dieser Kinder jemals einen solchen Ball gesehen hatte. Doch während ich mich auf das Interesse und die Neugierde freute, die mir entgegen gebracht würden, und mich mit meinem begrenzten türkischen Wortschatz innerlich darauf vorbereitete, wie ich ihnen dieses einfache und wundervolle Ballspiel erklären würde, tauchte ein Junge mit einem runden

Ball auf dem Feld auf. Die übrigen Kinder ließen mich mit meinen „Football" stehen und beschäftigten sich mit diesem runden Ball und spielten damit nach irgendwelchen Regeln, die mir fremd waren.

Ein nächster Versuch mit einem anderen Ballspiel schlug genauso fehl. An einem Nachmittag, als die Kinder ohne Ball auf dem Feld standen, gesellte ich mich zu ihnen mit einem „Baseball", genauer gesagt, mit einem „Softball", der ein wenig größer und nicht so hart ist wie ein „Baseball".

Ich warf einem der Kinder, das mich anschaute, den Ball zu. Doch statt ihn mit den Händen zu fangen, holte es mit dem Fuß aus. Mit voller Wucht traf es den Ball mit dem Fuß, besser gesagt, mit aller Wucht traf der Ball seinen Fuß. Es schrie vor Schmerz. Ein anderes Kind nahm den Ball auf und sagte irgendetwas, das ich nicht verstand. Die Worte verstand ich nicht, aber die Blicke schon. Ich bin nach Hause gerannt, so schnell ich konnte. Meinen „Softball" sah ich nicht wieder. Das war aber auch nicht mehr wichtig, denn in diesem Land gab es niemanden, mit dem ich „Baseball" hätte spielen können.

Ich musste nicht lange Zeit Angst vor den Kindern auf dem Spielfeld haben, denn kurze Zeit später bekam mein Vater eine Stellung als Chefarzt an einem Krankenhaus an der Schwarzmeerküste, zwischen den Städten Eregli und Zonguldak - mitten in einem Bergbaugebiet. Meine Eltern, meine Schwester und ich zogen dorthin, und ich musste mich mit den Kindern in Istanbul nicht mehr auseinandersetzen.

Der Sonderling

Nach über 60 Jahren blicke ich zurück auf diesen Tag – meinen ersten Schultag im September des Jahres 1958 in der Türkei. Ich ging jetzt in die 4. Klasse einer Dorfschule in einem Ort namens 'Armutcuk', wortwörtlich übersetzt ins Deutsche mit „Birnchen" oder „Birnlein", gelegen zwischen Zonguldak und Eregli an der Schwarzmeerküste.

An diesem Tag zog mich meine Mutter an: Grauer Anzug, weißes Hemd mit Fliege, die Schuhe: Budapester, in New York gekauft für 5 Dollar.

Heute frage ich mich, warum sie das getan hat. Aber ich kann sie nicht mehr fragen, weil sie nicht mehr lebt. Ich hielt es damals für normal, wie sie mich anzog. Ich kann mich nicht erinnern, dass ich mich geschämt hätte, in einer solchen Garderobe in einer Dorfschule in Anatolien zu erscheinen, dort wo alle anderen Kinder quasi uniformiert - in ihren schwarzen Kitteln mit ihren weißen Kragen - bekleidet waren. Das muss meine Mutter doch gewusst haben, und dennoch … .

Ich kann mich an den Verlauf dieses ersten Schultags in der Dorfschule nur eingeschränkt erinnern. So weiß ich noch, dass für uns ein Bediensteter mit dem Jeep des Krankenhauses, an dem mein Vater jetzt Chefarzt war, abkommandiert wurde, um meine Mutter und mich zur Schule zu fahren, obwohl die Strecke zu Fuß höchstens eine Viertelstunde gedauert hätte, und dass meine Mutter den Fahrer fast eine halbe Stunde warten ließ. Wir kamen an der Schule an, der Schulleiter wartete vor dem Eingang der Schule, mitten auf dem Schulhof, und empfing meine Mutter und mich. Es hätte mich nicht verwundert, wenn nicht noch ein roter Teppich ausgelegt worden wäre.

Ich erinnere mich noch, wie der Schulleiter eine der Klassentüren öffnete und alle Schülerinnen und Schüler aufsprangen und strammstanden, als wir den Klassenraum betraten. Die Mädchen und die Jungen saßen getrennt voneinander. Alle waren einheitlich mit ihren schwarzen Schürzen bzw. Kleidern – ja, auch die Jungen - angezogen. Ich weiß auch, dass bei den Mädchen eines war, dass mir sofort gefiel.

Die ersten Sekunden des Kennenlernens sind immer entscheidend für den Eindruck, sagt man. Für mich war es dieses Mädchen mit der Brille, das mir sofort auffiel. Mit diesem positiven Eindruck konnte ich meinen Platz in der Klasse einnehmen.

Ich habe damals nie darüber nachgedacht, was für einen Eindruck ich bei meinen neuen Mitschülern gemacht habe. Wahrscheinlich war ich damals für sie ein Wesen eines anderen Planeten oder halt ein Sonderling. Heute würde man mich mit 'Alien' für 'Außerirdischen' und mit 'Freak' für 'Sonderling' beschreiben.

Der erste Eindruck von mir entstand damals jedoch nicht in der deutschen, sondern in der türkischen Sprache. Das Ergebnis war, dass ich ziemlich schnell den Rufnamen 'Amerikan Bozmasi' bekam, was so viel heißt wie: 'Amerikanischer Bastard'. Das lag auch an meinem sehr starken amerikanischen Akzent.

Wenn ich heute zurückblicke, stelle ich fest, dass ich damals sowieso keine andere Wahl hatte, als die Entscheidungen meiner Mutter zu akzeptieren.

Nachtrag: Meine Mutter inszenierte ihre Auftritte stets wohl überlegt. Nach so vielen Jahren denke ich, eine Erklärung für ihr Verhalten gefunden zu haben.

In einer Männerwelt, wie der in den 50-er Jahren in der Türkei – heute ist es in großen Teilen der Türkei immer noch so – musste sie sich als Frau erst einmal „behaupten", und das konnte nur gelingen, „wenn sie durch ihr Auftreten über den Männern" stand. Ihr Auftreten war bewusst und immer genauestens geplant, und sie hatte Erfolg damit.

Der Verrückte auf dem Turm

Ich fuhr eines Tages im Herbst des Jahres 1958 mit meinem Fahrrad - dem einzigen Fahrrad meilenweit – auf der Hauptstraße zwischen dem Krankenhaus, in dem mein Vater als Chefarzt arbeitete, und dem einzigen Kreisverkehr des Ortes. An dem Kreisverkehr gab es ein weißes Gebäude mit einem Turm. Als ich an diesem besagten Tag mit meinem Fahrrad an diesem Gebäude vorbeifuhr, hörte ich jemanden singen. Ich hielt an und schaute nach oben. Ich sah einen Mann auf dem Turm. Er sang so merkwürdig und laut. „Ein Verrückter!" Ich schaute mich um, die wenigen Menschen, die ich sah, reagierten nicht. Ich fuhr schnell nach Hause zu meiner Mutter. „Da ist ein Verrückter auf dem Turm am Kreisverkehr. Er singt so komisch. Müssen wir nicht die Gendarmerie rufen?" Meine Mutter versuchte mich aufzuklären über den örtlichen Imam auf dem Minarett der Moschee. Es war für mich einerseits faszinierend, andererseits fremd, völlig fremd.

Amerikanisch und Türkisch, gleiche Laute, unterschiedliche Bedeutungen

Mit elf Jahren kam ich ins Internat. Die Schule für Jungen war mitten in der Stadt in Ankara gelegen. Wir waren 38 Jungen in der 6. Klasse. Die Fächer wurden überwiegend in der englischen Sprache unterrichtet. Da alle Mitschüler ein Vorbereitungsjahr für die englische Sprache hinter sich hatten, war ich der jüngste in der Klasse, denn ich hatte wegen meiner Englisch-Kenntnisse das Jahr übersprungen.

Mit meinem noch starken amerikanischen Akzent fiel ich auf, obwohl ich mir stets Mühe gab, nicht aufzufallen. Die Reaktionen meiner Mitschüler waren unterschiedlich. Es gab welche, die mich akzeptierten, wie ich war, und es gab andere, die mich einen „amerikanischen Bastard" nannten.

Ich gab mir sehr viel Mühe, um meinen Akzent loszuwerden. Als ich ihn endlich losgeworden war, verließ ich die Schule und kam mit meiner Mutter und meiner Schwester zu meinem Vater nach Deutschland.

Es war aber nicht nur mein Akzent, der mir im Wege stand und ein Problem war, es war die Sprache selbst, denn ich sprach amerikanisches Englisch. An der Schule wurde britisches Englisch gelehrt, gelernt und gesprochen.

Ich war erst ein paar Wochen an der Schule und wir hatten Englischunterricht bei einer jungen türkischen Lehrerin, die mich immer wieder korrigierte, als ob ich eine Fremd-sprache spräche. Wenn ich zum Beispiel „I ain't got nothing", sagte, musste ich „I have'nt anything" sagen.

Ich hatte das Gefühl, dass ich zwei Sprachen sprach, die an dieser Schule nicht ankamen.

Eines Morgens, im Englisch-Unterricht bei unserer jungen türkischen und unerfahrenen Lehrerin, hatte ich plötzlich Magenkrämpfe. Ob der Auslöser irgendetwas war, das ich beim Frühstück zu mir genommen hatte, weiß ich nicht. Die Schmerzen waren unerträglich. Ich hob die Hand, die Lehrerin muss gemerkt haben, dass ich ganz blass im Gesicht war. Sie fragte mich: „What is the matter?" Ich antwortete: „I'm terribly sick." Die Reaktion der Klasse kann ich mit einem kurzen Einatmen und dann einer absoluten Stille beschreiben. Das Gesicht der Englischlehrerin wurde blass, ich glaube noch blasser als mein Gesicht. Sie stand für eine Sekunde vor der Klasse und lief aus dem Klassenraum hinaus. Ich schaute vorsichtig meine Mitschüler an. Sah ich so erschreckend krank aus? Warum schauten sie mich so an? Die Klassentür ging auf, und zwei Aufseher, die für Disziplin und Ordnung zuständig waren, kamen in die Klasse herein. Der eine rief meinen Namen, ich stand auf und ging zitternd hinaus. Ich wurde in den Raum geführt, in dem die Aufseher sich in ihren Pausen aufhielten. Bis dahin war ich noch nie in diesem Raum gewesen, aber ich wusste von denen, die dort drin gewesen waren, dass sie ohne Strafe – meistens Schläge mit einem Lineal auf die Innenhand - den Raum nicht hatten verlassen dürfen.

Der Aufseher setzte sich hin und schaute mich an. Vor lauter Angst hatte ich die Magenkrämpfe fast vergessen. Trotzdem war mir schlecht, und ich zitterte am ganzen Körper. Der Aufseher fragte mich auf Türkisch, ob ich wisse, was „sik" bedeutet. Ich sagte „hasta", also „krank". „Nein", sagte er. „Was heißt das auf Türkisch?" Ich hatte keine Ahnung, was er damit meinte. Er merkte, dass ich keinen blassen Schimmer hatte, dass das Wort auf Türkisch entweder ganz derb „der Schwanz" heißt, oder in der

Befehlsform „fick". Er sagte mir, es sei ein schlimmes Wort und daher solle ich in der Zukunft das Wort „ill" benutzen, wenn ich krank sei. Ich wurde entlassen mit der Auflage, dass ich erst nach der nächsten Unterrichtspause wieder in den Unterricht gehen und bis dahin im Schulhof warten und mit niemandem über den Vorfall sprechen solle.

Ich habe erst viel später die Bedeutung des Wortes „sik" auf Türkisch erfahren. Ich weiß bis heute nicht, ob die Englisch-Lehrerin damals wusste, dass das Wort auf Amerikanisch „krank" heißt.

Dieser Vorfall führte dazu, dass einige Mitschüler mich eine Zeit lang mieden. Erstaunlicherweise sprach mich keiner auf den Vorfall an. Hatte ich ihnen damals imponiert? Ich weiß es bis heute nicht.

Privater Korankurs

Es war im Jahre 1967. Nachdem ich an einer Schule in Istanbul das Abitur abgelegt hatte, genoss ich die Wochen, bevor ich zum Studium ins Ausland gehen würde. Ich traf mich gelegentlich mit meinem Vater in der Altstadt, meistens in Fatih, denn ich wohnte bei meiner Großtante auf der anatolischen Seite und er wohnte in seinem Elternhaus in Cağaloğlu. Wir saßen dann in einem der Gartenlokale in Fatih, tranken und aßen und unterhielten uns. Eines Tages sagte mein Vater, er hätte einem alten Freund und Kollegen erzählt, dass ich demnächst ins Ausland gehen würde. Daraufhin hätte der Freund - ein engagierter Islam-Förderer und Vorsitzender eines Moschee-Vereins -vorgeschlagen, dass ich, um meine Identität nicht zu verlieren, einen quasi Schnellkurs in der islamischen Religion machen sollte. Er würde alles organisieren. Mein Vater, der weltoffen war und meine ebenso weltoffene Einstellung kannte, sagte mir, er habe den Vorschlag seines Freundes nicht abschlagen können, also solle ich hingehen und ihn nicht blamieren. Außerdem könnte ich etwas dazu lernen. Er argumentierte mit mir so lange, bis ich schließlich einwilligte.

Am nächsten Tag ging ich nach Fatih in die Moschee, wo ich den Hodscha, der mir den Islam beibringen sollte, traf. Er begrüßte mich mit einem „Selamülaleyküm", den ich mit einem Aleykümselam" erwiderte. Er fragte mich, ob ich gewaschen sei. „Natürlich", war meine Antwort. Wir zogen dann die Schuhe aus und betraten die Moschee. Ich folgte ihm in den Gebetssaal, blieb neben ihm stehen, und er fing an zu beten. Ich streckte meine Hände aus, so wie er seine, und machte seine Bewegungen nach.

Nach dem Gebet gingen wir in einen Raum und setzten uns an einen Tisch. Der Hodscha holte ein Blatt Papier sowie einen Stift und schrieb auf das Blatt - auf Arabisch - das Wort „Bismillahirrahmanirrahim", d.h. „Im Namen Gottes, des Barmherzigen, des Gnädigen", das ich kannte, weil es als geschriebenes Wort in allen orthographischen Varianten, sei es auf Kupfer oder Messing graviert, oder als Goldkettchen oder Armreif, überall in der Türkei zu sehen ist. Ich sollte das Wort abschreiben, bis das Blatt vollgeschrieben war.

Der Hodscha stand auf, um zu gehen. Ich unterbrach sein Unternehmen. Ich wollte wissen, welche Buchstaben in dem Wort welchen lateinischen Buchstaben entsprechen. Der Hodscha sagte mir, ich solle keine Fragen stellen, sondern das tun, was er mir gesagt habe. Als ich mit ihm diskutieren wollte, verließ er den Raum und kam nicht wieder. Nach einer Weile verließ auch ich den Raum und ging nach Hause.

Abends rief mich mein Vater an und sagte, ich hätte ihn blamiert. Der Hodscha hatte sich bei dem Freund meines Vaters beschwert, weil ich seine Kompetenzen in Frage gestellt hätte. Ich hätte mich geweigert, die Aufgabe zu lösen, die ich bekommen hätte. Ich erzählte meinem Vater meine Version der Geschichte, woraufhin er sagte: „was erwartest du von einem einfachen Mann mit höchstens fünf Jahren Grundschulausbildung? Du hättest wenigstens eine Woche mitmachen können."

Ich überlegte mir, am nächsten Tag hinzugehen und eine Woche durchzuhalten. Ich war froh, als ein Freund von mir anrief und mich fragte, ob ich Lust hätte, am nächsten Tag ein Boot zu mieten und schwimmen zu gehen.

Silke

Rein äußerlich war Silke die Frau, die ich mir an meiner Seite vorstellen konnte, die ich bis an mein Lebensende lieben und begehren würde. Wie gesagt, rein äußerlich. Aber sobald sie sprach, war Silke alles andere als eine attraktive, feminine Erscheinung. Der Grund hierfür lag darin, dass sie ein Vokabular benutzte, das mich abschreckte und erröten ließ.

Ich geriet in Silkes Bann an einem Wochenende im Wintersemester 1968 in der Bar eines Studentenwohnheims. Sie bewegte sich allein auf der Tanzfläche. Die Musik war laut, sehr laut, es wurden Platten der Bands wie Led Zeppelin, Iron Butterfly, Black Sabbath, usw. aufgelegt. Während ich glaubte, Silke aus sicherer Entfernung zu beobachten, gab es einen kurzen Blickkontakt zwischen uns, woraufhin sie die Tanzfläche verließ und direkt auf mich zukam. Hatte ich eine solche Anziehungskraft auf diese Frau, dass sie sich beim ersten Blickkontakt von mir angezogen fühlte? Sie flüsterte mir irgendetwas ins Ohr, ich signalisierte ihr, dass die Musik zu laut sei und ich sie nicht verstehen könne. Sie zeigte auf die Zigarette, die ich rauchte. Nun verstand ich, was sie wollte. Ich holte aus der Brusttasche meines Hemdes die Packung HB und gab ihr eine Zigarette. Noch bevor ich die Streichhölzer herausholen konnte, nahm sie mir meine Zigarette aus dem Mundwinkel, zündete damit ihre Zigarette an, schaute mich kurz an, als ob sie sich bedanken wollte, drehte sich um und ging zurück auf die Tanzfläche, um weiter zu tanzen.

Hatte ich mir etwas vorgemacht? Von den acht Jungen, die an der Theke standen und rauchten, hatte sie mich ausgesucht. Ich überlegte mir, ob es reiner Zufall gewesen war.

Weihnachten 68

Ich sah Silke immer wieder. Mal ging sie an mir vorbei, ohne mich wahrzunehmen, mal hielt sie an und fragte mich: „Wie war dein Name nochmal?"

Eines Tages fragte sie mich aus heiterem Himmel, ob ich am Heiligen Abend etwas vorhabe. Mein Herz schlug schneller, als ich ihr sagte, dass ich nichts vorhabe. Sie erwiderte scheinbar lapidar, sie würde auf mich zukommen.

Die Spannung war unerträglich. Wann wollte sie auf mich zukommen? Weswegen wollte sie auf mich zukommen? Würde sie überhaupt auf mich zukommen? In den nächsten Tagen war ich ständig unterwegs. Ich klapperte die Orte unserer zufälligen Begegnungen mehrmals ab, in der

Hoffnung, sie zu treffen. Vergebens! Keine Silke! Es waren nur noch wenige Tage bis Weihnachten. Ich war wie paralysiert. Ich versuchte, mich mit Lesen und Musik abzulenken. Es ging nicht. Ich hasste diese Frau, die in mir Hoffnungen erweckte und mich dann sitzen ließ. Was hatte sie damit gemeint, als sie sagte, sie würde auf mich zukommen? Wenn ich mit ihr und ihrer Familie Weihnachten feiern sollte, musste ich vorher Bescheid wissen, damit ich mich vorbereiten könnte. Vielleicht hatte sie es sich anders überlegt, mit einem Ausländer, einem Türken, wäre es vielleicht doch nicht so gut. Ich hatte ihretwegen Termine abgesagt, meine ganze Planung für Weihnachten zurückgestellt. Was waren das für Termine gewesen? Der einzige Termin, der mir einfiel, war, dass ich mich in die Liste der ESG – der Evangelischen Studentengemeinde – für die Weihnachtsfeier nicht eingetragen hatte.

Was soll es, redete ich mir ein, ich würde Weihnachten auch ohne die ESG und Frau Lindemann überleben. Ich hatte eine gewisse Abneigung gegen Frau Lindemann entwickelt, die mich und ein paar andere ausländische Studenten betreute. Diese alte Jungfrau betrachtete uns als Ersatzkinder. Wenn sie mich – meistens in der Mensa –

erwischte, streichelte sie meinen Kopf – ich kam mir vor wie ein Hund - und sagte mir Dinge wie: „Oh, diese schönen Haare. Die Haare sind schön, aber zu lang. Sie sehen aus wie eine Frau." „Aber, Frau Lindemann, mein Bart." „Der Bart geht gar nicht. Er muss ab. Jetzt gehen wir zum Friseur, ich bezahle." „Frau Lindemann, ich habe jetzt ein Proseminar. Danke, ich überlege mir das mit den Haaren."

Vielleicht hatte Silke Bedenken wegen meines Aussehens. Ich würde für sie meinen Bart abrasieren und zum Friseur gehen. Kein Problem, sie müsste mir das nur sagen.

Am 24. Dezember 1968 waren außer mir sämtliche Bewohner des Studentenwohnheims „Haus Michael", in dem ich wohnte, nach Hause gefahren. Auf dem Parkplatz vor dem Wohnheim stand ein einziges Auto. Es war mein Auto. Nun war ich allein in dem Wohnheim, und nachmittags versuchte ich mich abzulenken mit der Musik von Jethro Tull und dem Roman „The Portrait of a Lady", von Henry James.

Da klopfte es meiner Tür. „Hallo! Wer ist da?" rief ich aufgeregt. „Nazim, bist du fertig? Wir müssen gehen." Ich öffnete die Tür. Silke stand vor mir. Ich machte den Mund auf. Meine Stimmbänder stießen mit letzter Kraft ein einsilbiges „Was?" aus. „Komm, zieh dich an," erwiderte Silke und trat in mein Zimmer ein, machte den Kleiderschrank auf, nahm meinen Mantel und Schal heraus und warf sie mir herüber. „Fährt dein Auto?" „Natürlich fährt mein Auto. Mein Auto fährt immer, fast immer, und wenn nicht, dann mache ich es fertig, damit es fährt." Beim Thema Auto konnte ich reden wie ein Wasserfall. Es war, als ob Silke auf einen Knopf gedrückt hatte. „Gut, dann komm!" „Was machen wir denn?" „Erzähle ich dir unterwegs."

Wir fuhren erst zur ASTA, zum Allgemeinen Studierendeausschuss. Erstaunlicherweise waren um diese Zeit noch Studenten im ASTA anwesend. Silke sprach mit ihnen, holte einen Stapel Flugblätter, und wir verließen den ASTA und fuhren nach Bochum-Langendreer, zu einer Kirche. Silke klärte mich über die weitere Vorgehensweise auf. Ich sollte unten am Treppenaufgang stehen, und sie würde oben an dem Tor stehen. Dann würde sie die Flugblätter oben verteilen und ich unten. Ich sollte jedem, der aus der Kirche herauskam,

„Frohe Weihnachten" wünschen und ihm ein Flugblatt in die Hand drücken.

In diesem Augenblick war ich glücklich, einfach glücklich, dass Silke Vertrauen zu mir hatte. Sie stand oben an der Treppe zum Eingang der Kirche und ich unten. Wir warteten, bis die ersten aus der Kirche herauskamen. Die Glocken läuteten und große Schneeflocken fielen herab. Es war eine Szene wie in einem Bilderbuch. Ich passte auf, dass ich diejenigen Kirchgänger erwischte, die Silke verpasst hatte. Dabei bemerkte ich einige Gesichter, die nicht so erfreut aussahen, nachdem sie einen Blick auf das Flugblatt geworfen hatten. Bis dahin war ich so beeindruckt von meiner Aufgabe gewesen, dass ich das Flugblatt keines Blickes gewürdigt hatte. Jetzt warf ich einen kurzen Blick auf das oberste Blatt und las: „Amis raus aus Vietnam!" und erblickte eine Karikatur von „Uncle Sam", auf einer Rakete reitend. Ich knöpfte meinen Mantel auf und steckte den Stapel der restlichen Flugblätter unter meinem Mantel. Ich wusste nicht, ob ich etwas Strafbares gemacht hatte. War es richtig, hier vor der Kirche - an so einem Tag - zu stehen und solche Blätter zu verteilen? Ich suchte Silke, die nicht mehr oben auf der Treppe stand. Ich sah, wie sie in ein Auto einstieg und wegfuhr. Irgendwie schaffte ich es zu meinem Auto und stieg ein. Keine Polizei, Gott sei Dank. Silke hatte mein Vertrauen missbraucht. Wie naiv von mir!

Ich fuhr zurück zum Wohnheim, stellte das Auto auf dem Parkplatz ab und lief zum nächsten Wohnheim, wo die Weihnachtsfeier der ESG mit 16 ausländischen Studenten im vollen Gange war. Ich wurde von Frau Lindemann herzlich empfangen.

Nachtrag: Nach diesem Vorfall machte ich einen großen Bogen um Silke. Wenn es unvermeidbar, dass wir uns näherkamen, wie in einer Bar in einem Studentenwohnheim, ignorierte ich sie und schaute weg. Irgendwann verlor ich Silke aus dem Blick. Über zehn Jahre vergingen, bis ich Silke wiedersah, aber das ist eine andere Geschichte.

Die Friedenspfeife

Es war im Sommersemester 1969. Eines Abends nahm mich ein Kommilitone, nennen wir ihn Frank, zu Bekannten von ihm mit. Wir fuhren in die Stadt und gingen in ein Haus, in die zweite Etage. Frank klopfte an einer der Türen. Ein Mann mit ungepflegtem Vollbart und fettigen Haaren öffnete die Tür. Ohne uns zu begrüßen, drehte er sich um und ging – wir hinterher - in einen Raum, in dem ein halbes Dutzend junger Männer im Kreis auf dem Fußboden hockten. Auch ich und Frank nahmen Platz in der Runde. Alle waren still, niemand sprach. Ich kannte keinen von ihnen. Mir gegenüber rauchte einer aus der Gruppe eine für meine Augen ziemlich laienhaft selbstgedrehte Zigarette. Er nahm einen tiefen Zug und gab sie dann seinem Nebenmann, der ebenfalls ganz in Ruhe einen Zug nahm und seinerseits die Zigarette weitergab. Wie bescheuert war das denn? Frank hatte merkwürdige Freunde. Ich kam mir vor wie im Film bei Indianern, die eine Friedenspfeife rauchen. Vielleicht hatten sie Streit gehabt und klärten ihn auf diese Art und Weise. Frank hatte mich nicht aufgeklärt, ob das so war, wie ich es mir ausmalte. Inzwischen hatte er die Zigarette bekommen, nahm einen tiefen Zug davon und reichte sie mir mit einer ritualartigen Bewegung weiter, die mich normalerweise veranlasst hätte zu sagen: „Frank, übertreibst du nicht ein wenig", aber ich sagte nichts, denn niemand im Raum sprach. Ich nahm Frank die Zigarette ab, indem ich einen symbolischen Zug nahm, um die anderen nicht zu beleidigen und die

Zeremonie nicht zu stören, aber, ehrlich gesagt, ich ekelte mich vor dieser Zigarette, die nach etlichen Lippenkontakten zu mir gelangt war.

Irgendwann stand Frank auf, und wir verließen die Wohnung, genauso lautlos, wie wir gekommen waren. Auf der Straße steckte ich mir eine richtige Zigarette an, eine HB, und wollte Frank fragen, was das alles bedeuten sollte. Frank schaute mich strahlend an, mit gläsernen Augen wie in einem Trancezustand, und sagte: „Töfte, nicht?" „Frank, was war denn so töfte? Die haben nicht alle Tassen im Schrank!" „Du hast nichts kapiert, ne? Du weißt nicht, was da abgelaufen ist." „Frank, dann erzähl mir, was da abgelaufen ist."

Als Frank mir erzählte, dass die Kippe, die herumgereicht worden war, ein Joint war, merkte ich, wie kalter Schweiß mir den Rücken herunterlief. Ich kam mir wie ein Schwerverbrecher vor. Frank, eigentlich ein netter Kerl, den ich gernhatte und als Freund betrachtete, hatte Zugang zu kriminellen Kreisen, die mir sonst nur durch die Zeitung bekannt waren.

Nachtrag: Ich hatte mir immer große Mühe gegeben, mich in Deutschland anzupassen, aber ich hatte auch meine Grenzen, und Frank hatte eine dieser Grenzen überschritten. Den Kontakt zu Frank brach ich ab.

Salz im Kaffee

Es war im Jahre 1971. Ich fuhr meine damalige deutsche Freundin nach Hause und lernte ihre Mutter kennen. Meine Freundin ließ mich mit ihrer Mutter in der Küche zurück. Wortkarg saß ich am Küchentisch. Ich bekam eine Tasse Kaffee serviert. Ich bedankte mich artig. Auf dem Küchentisch war eine Schale mit Zucker drin. Ich nahm vier gehäufte Löffel Zucker aus der Schale, rührte den Kaffee einige Male um und nahm einen Schluck.

Schock! Der Zucker in der Schale war nicht Zucker, sondern Salz! Mein Magen rebellierte. Die Mutter meiner Freundin sagte keinen Ton. Ich schätze, sie dachte: „Diese Ausländer haben merkwürdige Sitten." Ich saß wie paralysiert auf meinem Stuhl und wartete auf meine Freundin, die mich aus der Situation befreien sollte. Aber sie kam nicht.

Die Frau hatte wohl gemerkt, - wahrscheinlich an meinem Gesichtsausdruck - dass etwas nicht stimmte. Die Frage, ob der Kaffee zu heiß sei, konnte ich gerade noch verneinen. Dann kam meine Freundin. Ich flüsterte ihr fragend zu, wo das Klo sei. Ich habe es rechtzeitig noch geschafft, die Toilettentür hinter mir zuzumachen und meinen Mageninhalt unauffällig herunterzuspülen. Den Rest des Kaffees ließ ich stehen.

Nachtrag: Ich weiß nicht, ob man diese Episode unter Kulturschock buchen kann. Eins weiß ich mit Sicherheit. Mit einer türkischen Familie wäre so etwas nie passiert. Dass man Kaffee oder Tee ohne Zucker serviert bekommt, ist in der Türkei oder bei Türken nicht möglich.

Wie unterschiedlich die beiden Länder und die Menschen sind, die dazu gehören

Es ist das Jahr 1974. Die Sommerferien sind bald zu Ende. Ich muss in Kürze wieder zurück nach Deutschland. Für die Ausreiseerlaubnis habe ich mehr als fünf Stunden vor dem zuständigen Amt in Unkapani in Istanbul gewartet. Als ich die Erlaubnis durch einen Stempel in meinem Reisepass bekomme, bin ich erleichtert, dass es geklappt hat.

Jedoch bin ich noch lange nicht fertig mit den Formalitäten, denn ich bin mit dem Auto in der Türkei.

Für die Rückreise brauche ich ein Transitvisum für Bulgarien. Ich stelle mich in die Schlange vor dem bulgarischen Generalkonsulat. Nach ein paar Stunden Warterei merke ich, dass es höchstwahrscheinlich nicht klappen wird. Die Schlange bewegt sich kaum. Warum können sie nicht Transitvisa für Hin- und Rückfahrten ausstellen? Ich hatte schon in Deutschland mehrere Stunden vor dem bulgarischen Konsulat gewartet. Warum können sie nicht Visa am Grenzübergang ausstellen?

Es kommt einer an der Schlange vorbei. Er hat mehrere Pässe in der Hand. Er übernimmt die Visumserteilung bei dem bulgarischen Konsulat für eine Provision. Ich übergebe ihm meinen Reisepass. Ich soll am nächsten Tag um die gleiche Zeit wiederkommen. Ich gehe nach Hause.

Unterwegs denke ich, was für ein naiver Idiot ich bin. Ich habe weder eine Quittung noch irgendetwas von diesem Mann, um ihn wiederzufinden. Das, was ich gemacht habe, erzähle ich nicht weiter. In der Nacht bekomme ich kein Auge zu. Am nächsten Tag bin ich vorzeitig wieder am bulgarischen Konsulat.

Ich sehe den Mann. Er hat meinen Pass, und das Visum. Ich zahle und bedanke mich. Ich setze mich ins nächste Teehaus und bekomme einen Tee.

Es hat geklappt! In Deutschland wäre eine solche Vorgehensweise unvorstellbar. In der Türkei ist sie normal. Wie unterschiedlich sind doch die beiden Länder und die Menschen, die dazu gehören.

Die Bombe

Im Sommer 1979 fuhr ich auf der anatolischen Seite in Istanbul von der Bagdat-Allee Richtung Kadiköy. Ich kam dort an, wo sich sechs Straßen an einem Platz namens „Altiyol", d.h. „Sechsstraßen", treffen. Ich hielt an, bevor ich auf den Platz fuhr. Ein kleiner Junge, schätzungsweise um die elf Jahre alt, lief auf den Platz, platzierte eine Getränkedose auf der Straße vor meinem Auto und lief wieder weg. Ich hörte irgendwoher jemanden laut rufen: „Bomba!" Leute liefen in alle vier Himmelsrichtungen weg. Menschen sprangen aus den Autos und liefen weg. Nach unerträglich langen zehn bis zwanzig Sekunden war der Platz wie leergefegt.

Ich saß bewegungslos im Auto und meine Wahrnehmung spielte mit der Wahrnehmung meiner Mitmenschen nicht mit. Eine Bombe in einer Getränkedose? Wie sieht eine selbstgebastelte Bombe aus? Während ich überlegte, ob ich aus dem Auto aussteigen und wegrennen sollte oder ob es zu spät war, in eine solche Aktion zu treten, kam ein Mann aus einem der Geschäfte, näherte sich langsam der Getränkedose, nahm sie dann in die Hand, hob sie in die Luft, und rief irgendetwas wie „keine Bombe, Fehlalarm" oder so. Der Mann schaute auf das deutsche Kennzeichen. Als er mich anschaute, sagte sein Gesichtsausdruck alles: „Wieder so ein Vollidiot aus Deutschland, der sich in die Luft sprengen lässt.". Er winkte mit dem Arm, dass ich nun weiterfahren soll.

Nachtrag: In den späten 70-er Jahren war die Türkei unregierbar. Keine der Parteien konnte eine Mehrheit erzielen, tragfähige Koalitionen kamen nicht zusammen. Täglich explodierten Bomben radikaler Gruppierungen, die das soziale und wirtschaftliche Leben lahmlegten. Am 14. September 1980 putschten die Militärs an die Macht. Es herrschte Ruhe im Land. Sie ernannten einen Herrn Turgut Özal, einen Geschäftsmann, als Ministerpräsidenten. Herr Özal war kein Politiker, er war Pragmatiker. Er setzte die Weichen für eine neue Orientierung der Wirtschaft durch.

Die Reise zum Mittelmeer

1981 sah ich Silke – die Silke, die ich im Wintersemester 1968 kennengelernt hatte, die mich damals mit ihren Ideen und Aktionen fasziniert und gleichermaßen meinem damaligen konventionellen Frauenbild widersprochen hatte - zufällig auf einer Autobahn-Raststätte in einem Reisebus. Ich war mit dem Auto unterwegs in die Türkei und hatte Angst, sie anzusprechen. Ich wollte nicht, dass sie in mein Auto umsteigt, und sagt: „Dann fahre ich mit dir mit." Ich traute ihr eine solche Entscheidung zu. Ich fuhr los, ohne sie anzusprechen und über 2 Tage und 2000

Kilometer bis nach Istanbul, spielten sich in meinem Kopf unzählige Szenarien ab, wie es gewesen wäre, wenn ich sie doch angesprochen hätte. In Istanbul angekommen, schrieb ich die folgenden Verse:

> Du in einem Reisebus,
> es regnet in Strömen,
> spät in der Nacht,
> der Mann rechts neben dir
> stinkt nach Schweiß,
> er schläft und schnarcht.
>
> Sein Kopf fällt auf deine Schulter,
> du kannst nicht schlafen,
> morgen bist du am Mittelmeer,
> dein Rucksack unter deinen Füßen,
> dein Walkman am Ohr,
> beim zehnten Lied schließt du die Augen,
> du läufst zwischen Ruinen
> und dornigen Büschen,
> vor dir das offene, blaue Meer.
> In der Ferne ein Esel,
> neben dir ein Hund,
> Japaner mit ihren Fotoapparaten,
> beim fünfzehnten Lied,
> du machst die Augen auf,
> durch das Fenster scheint der Mond,
> er fährt mit zum Mittelmeer,
> aber du bist verabredet mit der Sonne,
> niemand hat dich zum Bus begleitet,
> spontan entschlossen stiegst du ein,
> dein Rucksack unter deinen Füßen,
> dein Walkman am Ohr.

Zehn Jahre später, wieder an einer Autobahn-Raststätte, klopfte jemand an meine Schulter. Ich drehte mich um und schaute in das Gesicht einer Frau, die sich unter einem Sombrero-Hut verbarg, mit einer Rayban-Sonnenbrille getarnt war und eine Lacoste-Bluse trug. Die Frau kannte ich nicht, oder doch? „Nazim, ich bin es, Silke." „Ach, ich habe dich gar nicht wiedererkannt." „Es ist auch eine Ewigkeit her. Komm, ich möchte dir meinen Mann vorstellen." Silke lief zu einem dicken Mercedes, ein Mann, ziemlich sportlicher Typ, auch mit einer Rayban-Sonnenbrille und einem Lacoste-Polohemd. Die Armbanduhr fiel mir auf, natürlich eine Rolex. Silke: „Ralf, das ist Nazim aus meinen wilden Studienzeiten." Ralf nickte in meine Richtung und zog an seiner Zigarette, eine Benson & Hedges. Ich dachte, sie passt zu ihm. Hinten im Mercedes saß ein ca. 6-jähriger Junge und las in einem Comic-Heft. „Das ist Roland," sagte Silke und zeigte auf den Jungen. Aus meinem Mund entwich mir ein erzwungenes „Schön". „Wie geht es dir?" „Schön." Mein Wortschatz hatte sich auf ein Wort reduziert. Ansonsten war ich sprachlos. Ralf schaute auf seine Rolex. „Schatz, wir müssen weiter." „War nett, dich wiedergesehen zu haben, Nazim." „Schön." Silke stieg in den Mercedes, auf die Beifahrerseite. Ohne mich anzuschauen, hob

Roland den linken Arm zum Abschied und gab Gas. Es hatte nur noch der ausgestreckte Mittelfinger gefehlt, um mir zu sagen, was er von mir hielt. Ich kam mir vor wie ein Looser. Hatte ich die Chance meines Lebens verpasst, als ich Silke vor zehn Jahren gemieden hatte?

Ich fuhr dann auch los, und 2 Tage und 2000 Kilometer bis nach Istanbul spielten sich in meinem Kopf unzählige Szenarien ab, wie es gewesen wäre, wenn ich Silke damals vor zehn Jahren angesprochen hätte als sie in dem Bus saß. In Istanbul angekommen, schrieb ich die folgenden Verse und schloss das Kapitel „Silke" ab.

Du in einem Mercedes,
die Sonne scheint am blauen Himmel,
dein Mann links neben dir ist auf Zack,
er ist frisch geduscht und fährt.

Laut Prospekt erwartet dich
das Luxuszimmer, gebucht im Reisebüro,
im Land der ewigen Sonne,
Essen um neunzehn Uhr dreißig.
Jogging-Anzug verboten,
Swimmingpool sehr schön,
Animation hervorragend,
morgens Aerobic, das Kind allergisch,
Gepäck im Kofferraum,
das Handy am Ohr,
Badetücher sind am Strand,
um Punkt zweiundzwanzig Uhr

wird dein Mann dich flachlegen,
um dreiundzwanzig Uhr ist Schlafenszeit,
die Klimaanlage läuft auf Maximum,
der Mercedes Vollgas, du fährst in den Süden,
lasst uns dort anhalten,
eine Pinkelpause einlegen,
das Handy muss aufgeladen werden,
auf dem Parkplatz steht ein Reisebus,
im Reisebus eine junge Frau,
ihr Walkman am Ohr,
sie schaut dich an.

Ehrensache

1986 war ich als Leiter einer Integrationsmaßnahme für Jugendliche in Duisburg tätig. Im Rahmen dieser Maßnahme planten wir einen 2-wöchigen Schulausflug. Eine Kursleiterin – nennen wir sie Angelika W. - kam zu mir, und sagte, sie hätte für eine ihrer Schülerinnen die Erlaubnis zur Teilnahme nicht bekommen. Der Vater hätte sich quer gestellt und kategorisch ‚nein' gesagt. Sie habe sogar zusammen mit einem türkischen Kollegen einen Hausbesuch bei dem Vater des Mädchens gemacht, jedoch ohne Erfolg. Die Schülerin, 17 Jahre alt, – nennen wir sie Zekiye - war natürlich sehr traurig, dass sie an der Fahrt mit ca. sechzig anderen Schülerinnen und Schülern nicht würde teilnehmen können.

Eine Woche vor der Fahrt erschienen zwei Mitschülerinnen von Zekiye bei mir und baten mich um Unterstützung. Ich sagte ihnen, dass die Kursleiterin bereits alles Mögliche getan hätte. Sie schmeichelten mir, indem sie sagten, wenn jetzt noch einer helfen könne, dann ich. Schließlich habe ich nachgegeben und so etwas wie: „Ja, ich könnte es versuchen" gesagt, und nach dem Jubel, der ausbrach, gab es kein Zurück mehr.

Als sie gehen wollten, bat ich sie noch, Zekiye zu mir zu schicken. Das stellte sich jedoch als überflüssig heraus. Zekiye hatte während des ganzen Gesprächs hinter der Zimmertür gestanden und gelauscht.

Zekiye war ein großes, hübsches Mädchen, mit schwarzen Haaren und dunklen Augen. Sie war sehr emotional und impulsiv. Ich kannte sie von einem Vorfall in einer Pause zu Beginn des Schuljahres. Die Pausenaufsicht hatte sie damals zu mir gebracht, weil sie auf zwei Jungen losgegangen war und sie verdroschen hatte. Völlig aufgelöst und mit Tränen in den

Augen, hatte sie versucht, mir zu erklären, was geschehen war. Sie hatte sich bei jedem Satz mehrmals verschluckt und ich hatte sie kaum verstehen. Das Einzige, was aus ihrem Mund verständlich herausgekommen war, war das Wort „Beleidigung" gewesen.

Mit den Jungen hatte ich danach auch geredet. Sie waren sehr kleinlaut. Einer von ihnen hatte ein blaues Auge. Die Angelegenheit war ihnen sehr peinlich. Sie waren von einem Mädchen verprügelt worden, und die ganze Schule wusste davon. Was für eine Schande! Sie sagten, sie hätten auf dem Flur ein Mädchen angemacht. Wie und mit welchen Worten konnten oder wollten sie mir nicht sagen. Das Mädchen hätte angefangen zu weinen, und Zekiye, die danebengestanden hätte, sei auf sie losgegangen. Den Fall hatte ich damals abgeschlossen, nachdem die beiden Jungen sich bei dem Mädchen, das sie angeblich beleidigt hatten, entschuldigt hatten.

Nun stand dieses große Mädchen wieder voller Erwartung vor mir. Sie wollte mitfahren! Sie wollte dazu gehören!

Ich erfuhr von ihr, dass sie zu ihrem Vater nach Deutschland gekommen war, nachdem ihre Mutter in der Türkei verstorben war, und dass sie mit ihrem Vater allein lebte. Ich fragte sie, wann ihr Vater zu Hause sei, und kündigte mich für den nächsten Nachmittag an.

Am nächsten Tag schellte ich an einer Tür in einem Mietshaus in Duisburg-Marxloh und ging hinauf in die zweite Etage. An der Tür wartete Zekiye. Sie führte mich in das Wohn-zimmer, wo ihr Vater bereits auf mich wartete. Wir gaben uns die Hand. Er fragte mich, ob ich Tee möchte. Ich bejahte, wie es sich gehört. Er sagte seiner Tochter, sie solle uns Tee machen. Zekiye, die an der Türschwelle gewartet hatte, verschwand in der Küche, um den Tee aufzusetzen, wenn er nicht die ganze Zeit schon aufgesetzt war.

Ich setzte mich, Zekiyes Vater auch. Mit gegenseitigen Höflichkeitsfloskeln wurde ein Anfang gemacht. Der Tee wurde serviert. Zekiye war so aufgeregt, dass sie kaum in der Lage war, den Tee in die Gläser zu gießen. Sie durfte bei dem Gespräch nicht dabei sein. Obwohl sie beim Verlassen des Raumes die Tür hinter sich schloss, war ich mir sicher, dass sie dahinterstand und lauschte. Die Unterhaltung zog sich hin. Es ging um das Leben in der Fremde, die Arbeit und den Tod der Ehefrau bzw. der Mutter.

Über eine Stunde saßen wir nun da und unterhielten uns. Als Zekiyes Vater eine Pause machte, um zu überlegen, wie er seinen nächsten Satz beginnen sollte, ergriff ich die Chance, und sagte:

„Nun sollten wir zu dem Thema kommen, weshalb ich hier bin."

Es war, als ob ich auf einen Knopf gedrückt hätte. Wie ein Wasserfall redete er los. Keine vollständigen Sätze. Er wollte das, was sich aufgestaut hatte, loswerden. Er hatte wahrscheinlich in der letzten Nacht kein Auge zu bekommen und immer wieder geprobt, wie er seine Entscheidung mir gegenüber unwiderruflich begründen könnte. Ich hörte zu. Er sagte, als alleinerziehender Vater einer 17-jährigen Tochter hätte er die Verantwortung und die Pflicht, solche Entscheidungen zu treffen. Er könne sie allein nicht mit fremden Lehrerinnen und Lehrern und vor allen nicht mit den Jungen wegschicken. Was würde die Nachbarschaft sagen? Seine Ehre stünde auf dem Spiel.

Ich unterbrach ihn an dieser Stelle, indem ich sagte, dass er völlig im Recht sei. Dann stand ich auf, er natürlich auch. Ich gab ihm die Hand und sagte, dass ich mitfahren und höchstpersönlich auf seine Tochter aufpassen würde.

Mit diesem Schritt hatte ich es ihm unmöglich gemacht, auszuschlagen. Es war eine Ehrensache zwischen zwei Männern. Eine Absage seinerseits wäre eine Beleidigung, ja sogar eine Verletzung der Ehre mir gegenüber gewesen.

Nachtrag: Dieses Gespräch fand natürlich, mit allen dazugehörigen sprachlichen Nuancen, in der türkischen Sprache statt.

Ich fuhr – wie versprochen - mit ins Schullandheim und passte auf, dass nichts, aber wirklich nichts geschah, was annähernd die Ehre von Zekiyes Vater und folglich die Ehre Zekiyes und schließlich meine Ehre hätte verletzen können.

Mein Sohn

Während meiner Tätigkeit als Projekt- bzw. Maßnahmenleiter in Duisburg - Mitte der 80-er Jahre - kamen in der Mittagspause zwei Schüler zu mir. Beide zitterten und waren höchst aufgeregt. Ich merkte, dass etwas Schlimmes geschehen sein müsste, mit dem sie nicht zurechtkamen. Ich fragte sie, was los sei. Nachdem sie die Tür geschlossen hatten, fand das folgende Gespräch statt:

Schüler A *(mit zittriger Stimme)*: Ich werde ihn umbringen.
Ich: Wen?
Schüler A: Den Yilmaz.
Ich: Welchen Yilmaz?
Schüler A: Den Lehrer Yilmaz.
Ich: Warum? Was ist passiert?
Schüler A: *(stumm)*
Ich: Wenn du mir nicht sagst, was passiert ist, kann ich auch nichts machen.
Schüler B: Er hat zu ihm "Mein Sohn" gesagt.
Ich: Er kommt aus Istanbul. Er meint es nicht so. Es ist so wie „Mein Lieber".
Schüler B: Aber, das kann er nicht sagen.
Ich: Ich spreche mit ihm. Ich kläre das.
Schüler A: Ich bringe ihn um. Ich lasse es nicht zu, dass er meine Mutter beleidigt.
Ich: Er kommt aus Istanbul. Er hat keine Ahnung.

Ich sprach mit Herrn Yilmaz und erzählte ihm, was er angerichtet hatte. Er konnte es erst nicht verstehen.

„Sehen Sie, wenn Sie 'mein Sohn' zu einem Jungen sagen, heißt es, dass Sie mit seiner Mutter geschlafen haben. "

„Das ist doch lächerlich."

„Dort, woher diese Jungs kommen, ist es aber so. Sie kommen von der Schwarzmeerküste, in der Nähe von Zonguldak. Dort herrschen andere Sitten. Sie könnten genauso gut sagen: ‚ich habe deine Mutter gefickt'".

An seinem Gesicht las ich, dass Herr Yilmaz es endlich verstanden hatte, was wirklich geschehen war.

Der Deutschländer

Anfang 1987 fuhr ich über Österreich, Jugoslawien und Bulgarien in die Türkei, nach Istanbul. Ich hatte einiges vor. Ich wollte mein Leben so gestalten, dass ich zwischen der Türkei und Deutschland pendeln konnte und mal da, mal hier lebte. Ich wollte in der Türkei Möbel, die ich entworfen hatte, bauen lassen und dann in Deutschland verkaufen.

In der ersten Woche wollte ich Handwerksbetriebe suchen, die meine Möbel nachbauen sollten. Mit den

Prototypen – einem Beistelltisch und einem Stuhl - im Auto fuhr ich erst einmal zur nächsten Tankstelle, um zu tanken. Der Tankwart bediente mich. Er machte bei 8900 türkische Lira an der Zapfsäule Schluss. Den Zapfhahn drehte er auf null zurück. Ich gab ihm eine 10.000,00 Lira Banknote, er verschwand damit im Gebäude und kam nicht zurück. Ich wartete eine Weile, ging dann zum Gebäude und rief nach ihm, bis er herauskam. Ich fragte ihn, wo das Restgeld bleibe. Er sagte: „Wegen 100 Lira." Ich erwiderte: „Wegen 1100 Lira!" Ein Wort gab das andere. Ich sah Polizei auf der anderen Straßenseite. Als ich ihm sagte, dass ich die Polizei rufen würde, nahm er einen Tausender aus der Hosentasche und warf ihn mir zu. Dabei murmelte er etwas. Das einzige Wort, das ich verstand, war „Almancı", d.h. „Deutschländer".

In der ersten Woche in Istanbul klapperte ich einige Tischler ab und einigte mich schließlich mit einem der Tischler per Handschlag über Preis und Lieferung für sechs Stühle. Liefertermin für die Stühle sollte in einer Woche sein. Drei Tage später suchte ich die Tischlerei auf. Ein kleiner Junge fegte in der Halle den Boden. „Der Meister ist nicht da." „Wo ist er denn?" Nach kurzer Überlegung, ob er mir diese

Information geben dürfe, sagte der Junge, dass der Meister im Teehaus sitze. „Geh und hol ihn!" Der Junge ging und kam mit dem Meister zurück. „Wie läuft es?" „Gut. Wissen Sie, meine Lackpistole ist kaputt. Ich muss eine neue kaufen." „Und was haben Sie bisher gemacht?" „Ich habe das Holz bestellt." „Und in vier Tagen sind die Stühle fertig?" „Das wird nicht klappen." Als ich ihn fragte, wann er mit der Fertigstellung der Stühle rechne, erzählte er mir eine Story über seinen letzten Kunden, der die Rechnung noch nicht bezahlt habe, und wenn der Kunde die Rechnung bezahlen werde, könne er eine neue Lackpistole kaufen. Ich fragte ihn, was eine Lackpistole kostet, und gab ihm das Geld dafür. Dann ließ ich ihn eine Woche in Ruhe. Ein Vetter von mir meinte, ich solle jeden Tag vorbei gehen und Druck ausüben, sonst würde das nichts werden. Ein anderer Vetter sagte, ich solle weder mir noch dem Tischler Stress machen, irgendwann wären die Sachen fertig.

Die Tage vergingen. Ich war mit einem meiner vielen Vettern unterwegs. Wir holten uns auf die Hand „Lahmacun". Als ich mein Lahmacun aufgegessen hatte, schaute ich mich um, wohin ich das Papier, in dem das Lahmacun umwickelt gewesen war, entsorgen konnte. Nirgends auf der Straße gab es eine Möglichkeit der Entsorgung. Ich hielt das Papier in der Hand und schaute, was mein Vetter machen würde. Er aß sein Lahmacun, rollte das Papier und schmiss es auf die Straße! Ich behielt mein Papier, bis wir zu Hause waren, und entsorgte es, wie es sich gehört, im Hausmüll. Am nächsten Tag fuhr ich mit einem anderen Vetter mit, der die Dose, die er ausgetrunken hatte, einfach aus dem Auto herauswarf.

Zwei Wochen später nahm ich meinen Vetter mit, der keinen Stress wollte. Wir betraten die Tischlerei. Die sechs Stühle waren fertig und standen in Hochglanz vor meinen Augen. Wunderschön. Der Meister stand stolz neben seinem Werk. Ich nahm einen der Stühle hoch, drehte ihn um und stellte fest, dass er von unten nicht lackiert war! Unbehandeltes Holz schaute mich an. „Was ist das?" Bevor der Meister seinen Mund aufmachen konnte, fiel mir mein Vetter in den Rücken und sagte: „Das sieht doch keiner." Letzten Endes nahm ich die sechs Stühle so mit, wie sie waren, und verkaufte sie in Istanbul in einer Boutique, die einem Bekannten gehörte. Damit war das Unternehmen „Mal Deutschland, mal Türkei" ein für alle Mal erledigt. Ich musste mir eingestehen, dass ich zu sehr deutsch geworden war, ein „Deutschländer" eben. Eine Reintegration in die türkische Gesellschaft kam für mich nicht in Frage. Ich war nicht gewillt, Unpünktlichkeit, Ungenauigkeit, nicht eingehaltene Terminabsprachen und vieles mehr zu tolerieren.

Nachtrag: „Deutschländer" (Almancı) ist die türkische Sprachbezeichnung für eine Person türkischer Abstammung, die in Deutschland lebt.

Als meine Mutter starb

1989 kam meine Mutter nach Deutschland, nicht zum ersten, aber zum letzten Mal. Sie kam zu meiner Schwester, die damals in Bonn mit ihrem Mann, ihren zwei Söhnen, ihren zwei Katzen, ihrem Hund, ihrem Hasen und ihren zwei Goldfischen wohnte. Meine Mutter hatte damals als höhere Beamtin einen grünen Reisepass und konnte ohne Visum verreisen. Ein Privileg - damals und auch heute noch. 1920 geboren, war sie schon pensioniert, als sie 1989 nach Deutschland kam.

Als ich sie am Flughafen abholte, merkte ich, dass etwas nicht stimmte.

„Geht's dir gut, Mutter?" fragte ich sie besorgt, als wir im Auto saßen. „Ja, ja, blendend. Ich muss nur gegen mein Rheuma etwas unternehmen. Ich lasse mich hier einmal richtig durchchecken", war ihre Antwort.

Nachdem sie in der Klinik auf dem Venusberg in Bonn untersucht worden war, gab es eine Besprechung mit dem jungen, ehrgeizigen Oberarzt. Der Oberarzt hatte angenommen, dass meine Mutter kein Deutsch versteht, was nicht stimmte, und sprach zuerst mich an, um mir mitzuteilen, dass die Metastasen sich bereits überall im Körper ausgebreitet hatten. Er wollte meiner Mutter die Situation mitteilen. Er meinte, sie habe ein Recht darauf, zu erfahren, wie es um sie stehe. Ich musste meine ganze Überzeugungskraft einsetzen, um den jungen ehrgeizigen Oberarzt von seinen Prinzipien mit der „Wahrheit" abzubringen. Ich wusste, meine Mutter war, mit ihrem Master-Abschluss in Psychologie und ihrer Brustkrebs-Behandlung in London vier Jahre zuvor, intelligent genug, sehr wohl in der Lage, ihre Situation einzuschätzen. Aber sie wollte die Wahrheit schlichtweg nicht hören.

Der Oberarzt bemühte sich, mit meiner Mutter auf Englisch Smalltalk zu betreiben, ohne ein einziges Mal das Wort „cancer" in den Mund zu nehmen, und verschrieb ihr Morphium haltige Tabletten gegen die Schmerzen.

Nachtrag: Jahre später teilte eine Onkologin meiner Frau und mir mit, dass meine Frau eine Lebenserwartung von maximal vier Monaten habe. Das war im Februar 2010. Meine Frau starb am 22. April 2014.

Wo sind sie geblieben?

Wo sind sie geblieben?
Diejenigen, die damals auf die Straße gingen,
deren Kinder heute ins Kino gehen.

Wo sind sie geblieben?
Diejenigen, die damals „Amis raus aus Vietnam" schrien,
deren Kinder heute an die Wände „Ausländer raus aus Deutschland" schmieren.

Wo sind sie geblieben?

Diejenigen, die damals gegen Gewalt sich
furchtlos offen hinstellten,
deren Kinder heute in den Schulen
„Türkenwitze" erzählen.

Wo sind sie geblieben?
Diejenigen, die sich in Amsterdam trafen
und mit ihren Rucksäcken und Gitarren auf
der Suche nach Karma und Dharma und
sonst noch was Richtung Fernost zogen,
deren Kinder sich auf jüdischen Friedhöfen
treffen, um danach mit Schlagstöcken und
Pistolen auf Ausländerjagd zu gehen und
Asylantenheime anzuzünden.

Wo sind sie geblieben?
Diejenigen, die sich damals gegen ihre
Eltern stellten, weil diese wiederum damals
tatenlos zusahen oder einfach wegschauten
oder sogar mitmachten,
deren Kinder heute tatenlos zusehen oder
einfach wegschauen oder sogar mitmachen.

Wo sind sie geblieben?
Diejenigen, die damals für eine bessere,
humanere und gerechtere Gesellschaft
kämpften,
deren Kinder heute in Schicki-Micki-
Lokalen herumsitzen und die Zeit
totschlagen.

Wo sind sie geblieben?
Diejenigen, die mit Maschinengewehren in
Staatsuniform Straßensperren errichteten
und nach Terroristen suchten,

deren Kinder heute in denselben Uniformen
zuschauen, wie Asylantenheime angezündet
und Menschen umgebracht werden.

Wo sind sie geblieben?
Diejenigen im Staat, die damals ein
Überangebot von Polizei in die Unis
schickten, um protestierende Studenten zu
verhaften, Berufsverbote verhängten, weil
einer seine Meinung offen sagte,
deren Kinder heute im Staat dumm
herumsitzen und sich schämen und schämen
und nochmals schämen.

Wo sind sie geblieben?

Essen, den 26. November 1992

Nachtrag: Nach der Wiedervereinigung der beiden Deutschlands im Jahre 1990 erlebten viele Menschen in den neuen Bundesländern, sogenannte „Ossis", einen Kulturschock und verfielen in einen schockartigen Gefühlszustand.

Der Begriff „Kulturschock" wurde 1951 von der US-amerikanischen Anthropologin Cora DuBois eingeführt und bezeichnet den schockartigen Gefühlszustand, in den Menschen verfallen können, wenn sie mit einer fremden Kultur zusammentreffen. In diesem Fall traf

Ostdeutschland mit der fremden Kultur Westdeutschlands zusammen. Die fremde Kultur für den Osten war die „Demokratie" des Westens.

In der sächsischen Stadt Hoyerswerda fanden zwischen dem 17. und dem 23. September 1991 mehrere rassistisch motivierte Übergriffe statt. Dabei wurden ein Wohnheim für Vertragsarbeiter sowie ein Flüchtlingsheim angegriffen.

Am 17. September 1991 griffen mindestens acht überwiegend jugendliche Neonazis auf dem Marktplatz von Hoyerswerda vietnamesische Händler an. Die Betroffenen flüchteten in ein Wohnheim für Vertragsarbeiter aus Mosambik und Vietnam. Erst nach zwei Stunden traf die Polizei ein und riegelte das Gebäude ab. Am Abend des 18. September griffen mehrere Dutzend Neonazis das Wohnheim mit Steinen und Molotow-Cocktails an. Anwohner gesellten sich hinzu und sahen tatenlos zu oder klatschten Beifall. Die Polizei griff nicht ein.

Am 29. Mai 1993 fielen fünf türkischstämmige Frauen und Mädchen einem Mordanschlag in Solingen zum Opfer. Es war die folgenschwerste rassistische Tat nach monatelangen Angriffen auf Flüchtlinge und Migranten.

Lieber Ausländer erster Klasse als Deutscher zweiter Klasse

Während des Millenniums spielte ich mit dem Gedanken, die deutsche Staatsangehörigkeit zu beantragen. Ich lebte nun seit über 30 Jahren in Deutschland, ich hatte einen Universitätsabschluss von einer deutschen Universität und hatte Arbeit.

Als ich Ende der Siebziger Jahre bei der Ausländerbehörde in Bochum zum ersten Mal wegen einer Einbürgerung angefragt hatte, hieß es, dass ich erst meinen Militärdienst in der Türkei absolvieren müsse, bevor ich die deutsche Staatsangehörigkeit beantragen könne. Warum eine deutsche Behörde von mir verlangte, dass ich meinen Militärdienst in der Türkei absolviere, bevor ich deutscher Staatsangehöriger werden kann, hatte ich damals nicht verstanden, und der Beamte lieferte mir auch keine Erklärung. Nun, dachte ich, beide Länder sind in der NATO und haben wahrscheinlich diesbezüglich eine Abmachung. Also verfolgte ich das Vorhaben nicht weiter.

Anfang der Achtziger Jahre absolvierte ich meinen Militärdienst in der

Türkei. Dieses Hindernis gab es also nicht mehr. Ich wurde im neuen Jahrtausend erneut bei der Ausländerbehörde vorstellig, nachdem am 1. Januar 2000 ein neues Staatsangehörigkeitsgesetz in Kraft getreten war.

Ich kann mich leider an das Gespräch nicht im Detail erinnern. Aber ich weiß noch heute sehr genau, wie wütend ich war, als ich die Ausländerbehörde verließ. In dem Gespräch mit dem zuständigen Beamten war mir gesagt worden, wenn ich Deutscher werden wolle, müsse ich die türkische Staatsangehörigkeit ablegen.

Meine Argumentation, ich kenne viele Deutsche, die eine weitere Staatsangehörigkeit haben, wollte der Beamte nicht hören.

Später erfuhr ich von den Ausnahmen. Staatsangehörige der EU und der Schweiz können ihre Staatsangehörigkeit behalten, wenn sie die deutsche Staatsangehörigkeit annehmen. Auch eine Reihe anderer Länder, die ihre Staatsbürger nicht aus der Staatsangehörigkeit entlassen, gehören zu diesen Ausnahmen. Die Liste der Länder mit den Ausnahmen war sehr lang. Die Türkei aber gehörte nicht zu den erlaubten Ausnahmen. Also hätte ich meine türkische Staatsangehörigkeit abgeben müssen, um Deutscher zu werden, während ein Staatsbürger eines EU-Landes, oder der Schweiz, oder ein Argentinier, oder ein Iraner, oder, oder, oder ..... .

Kurzum, ein Schweizer, der gleichzeitig Deutscher ist, ist mehr Deutsch als ein Türkischstämmiger, der Deutscher ist. Bei so vielen Ausnahmen, bleiben nur die Türkischstämmigen als Regelfall. Es ist schwer zu glauben, dass bei Vorlage des Gesetzes nicht an die Türkischstämmigen – die größte ethnische Minderheit in Deutschland - gedacht wurde. Oder doch, und wurde sie bewusst ausgegrenzt?

Das Staatsangehörigkeitsgesetz vom 1. Januar 2000 war wieder ein Beispiel dafür, dass die deutsche Politik nicht daran dachte, die inzwischen in der zweiten und dritten Generation hier lebenden türkischstämmigen Mitbürger politisch zu integrieren.

Mit diesem Gesetz vom 1. Januar 2000 hatte die Politik vielmehr eine Zwei-Klassen-Staatsangehörigkeit geschaffen, nämlich: Deutsche erster Klasse, die eine weitere Staatsangehörigkeit haben dürfen, und Deutsche zweiter Klasse, die keine weitere Staatsangehörigkeit haben dürfen.

Ich entschied mich damals, Ausländer erster Klasse zu bleiben und nicht Deutscher zweiter Klasse zu werden.

Nachtrag: Laut dem Zensus von 2011 hatten 4,3 Millionen Deutsche eine weitere Staatsbürgerschaft! 2011 hatten 690.000 Deutsche zusätzlich die polnische, 570.000 die russische Staatsangehörigkeit. Gleichzeitig lebten 1,5 Millionen Türken ohne deutschen Pass in der Bundesrepublik.

Der Herr aus Konstantinopel

Auch wenn ich nicht „politisch" in Deutschland integriert war, ich war ja kein Deutscher, war ich äußerlich und gesellschaftlich so assimiliert, dass ich nicht mehr als Ausländer wahrgenommen wurde.

Zweimal im Monat traf ich mich mit einer Runde in der Kneipe und spielte Doppelkopf, einmal im Monat hatte ich meinen Oldtimer-Stammtisch und ab 1996 ging ich 4- bis 5-mal am Tag mit meinem Rauhaardackel namens 'Tünnis' Gassi.

Wenn man einen Hund hat, lernt man ziemlich schnell die Nachbarschaft kennen. Damals rauchte ich Pfeife und der Geruch meines Tabaks fiel angenehm auf, so dass ich immer wieder darauf angesprochen wurde. Hund und Pfeife führten zu Gesprächen, und man lernte sich kennen.

Die Pfeifen, die aus meinem Mund hingen, wurden immer größer. Wenn kleine Kinder mich fasziniert anschauten, sprach ich sie an mit den Worten: „Das ist mein Schnuller. Wo ist denn Deiner?" Für ein kleines Mädchen, dem ich anscheinend mit Dackel und Pfeife besonders imponiert hatte, hieß ich dann: der Opa mit dem Dachs und dem Schnuller. Für die meisten anderen in der Nachbarschaft war ich einfach 'Herr Tünnis', denn bei Hundebesitzern ist der Name des Hundes wichtig, nicht der Name von Frauchen oder Herrchen.

Wenn ich mit Tünnis meine Runde drehte, oder besser gesagt, er mit mir, grüßten mich nicht nur Hundebesitzer, die man immer wieder sah. Mit der Zeit unterhielt ich mich auch mit Leuten, die irgendwann einmal in ihrem Leben einen Hund gehabt hatten, oder auch nicht.

Eine ältere Dame, ohne Hund, die auch in der Nachbarschaft wohnte, grüßte ich ebenfalls. Beim ersten Mal erwiderte sie mit einem kurzen Blick, mehr nicht. Beim zweiten Mal - ein paar Tage später - wurde ich ignoriert. Also unterließ ich den Gruß bei dieser bestimmten Dame.

Jahre später - Tünnis lebte nicht mehr, und ich rauchte nicht mehr - gab ich mir Mühe, fit zu bleiben. Um die Bewegung, die mit dem Ableben von Tünnis weggefallen war, aufrecht-zuhalten, ging ich fast täglich zu den nahegelegenen Containern für Altpapier und Altglas. Dabei überquerte ich einen Kinderspielplatz, und die besagte alte Dame, die meine Grüße nicht erwidert hatte, drehte ebenfalls ihre Runden auf diesem Kinderspielplatz, um ihrerseits fit zu bleiben.

Wenn ich nun auf den Stufen, die zu dem Kinderspielplatz führen, stand und die Dame sah, regulierte ich meine Geschwindigkeit so, dass wir uns nicht treffen würden. Nach einiger Zeit hatte die Dame das bemerkt, und ich bemerkte meinerseits, dass sie ihre Schritt-

Geschwindigkeit regulierte, um mich zu treffen. Es entwickelte sich mit der Zeit ein Katz-und-Maus-Spiel, indem ich oder sie mal schneller, mal langsamer gingen.

Eines Tages ging ich die Stufen herunter und hatte meinen Schritt und mein Tempo so reguliert, dass sie mich unmöglich hätte treffen können. Ich glaube, sie hatte von Anfang an eingesehen, dass sie es keineswegs schaffen konnte, und sie versuchte dann es auch nicht. Auf dem Rückweg hatte ich völlig vergessen, dass sie auf dem Platz ihre Runden drehte. Ich ging die Stufen hoch, und da stand sie!

„Sie sind der Herr aus Konstantinopel! Warum grüßen Sie mich nicht?" fragte sie mit strenger Stimme.
„Weil Sie mich auch nicht grüßen", erwiderte ich.
„Ich sehe nicht so gut, aber inzwischen erkenne ich Sie an Ihren Schritten" sagte sie nun.
„Ich werde Sie von jetzt an grüßen," erwiderte ich.

Ich war ziemlich beeindruckt. Sie hatte sich über mich informiert. Es war nicht Arroganz gewesen, die sie verleitet hatte, mich nicht zu grüßen, sondern es war schlicht und einfach, ihre Eitelkeit, keine Brille zu tragen, gewesen, die dazu geführt hatte, dass sie ihre Umwelt kaum noch wahrnahm.

Auch ich hatte mich über sie informiert und eines ihrer Bücher gelesen. 1987 war sie die erste Frau der Welt, die einen Lehrstuhl für katholische Theologie innehatte. Dann wurde ihr die Lehrbefugnis entzogen, weil sie die Jungfrauengeburt Marias angezweifelt hatte. Was für eine Frau! So etwas macht neugierig. Also las ich ihr Buch „Eunuchen für das Himmelreich."

Die Dame ist inzwischen 90 geworden und dreht weiter ihre Runden, zwar nicht mehr so häufig wie früher, aber immer noch. Und wenn ich sie treffe oder wenn der Abstand zwischen uns so bemessen ist, dass ich meine, sie erkennt mich an meinem Schritt, dann grüße ich sie.

Die Stadt, in der ich geboren bin, heißt inzwischen Istanbul und schon seit langer Zeit nicht mehr Konstantinopel. Aus dem Munde dieser Dame hörte sich das jedoch sehr kultiviert an.

Ich habe nie das Bedürfnis gehabt, unser Verhältnis zu intensivieren. Ich glaube, sie auch nicht. Ich hoffe, dass sie und ich noch lange leben, und wenn wir uns auf dem Kinderspielplatz zufällig treffen, grüßen wir uns.

Nachtrag: Uta Johanna Ingrid Ranke-Heinemann ist am 25. März 2021 im Alter von 94 Jahren gestorben. Der Platz, dort wo jetzt die Container für Altpapier und Altglas stehen, ist nach ihr benannt worden. Immer wenn ich zu den Containern gehe, fast jeden zweiten Tag, denke ich an sie.

Digitale Integration

Als ich aufstand, dachte ich, es sei ein Tag wie jeder andere. Jedoch spürte ich eine gewisse Kälte. Keine Gefühlskälte meiner Mitmenschen, denn ich wohne allein in meinem Haus. Nein, es war eine gewisse Kühle im Haus, die nicht sein durfte. Der Gang in den Heizungskeller bestätigte meine Vermutung. Die Heizung funktionierte nicht. Ich fing an zu klopfen, klopf da, klopf hier, nichts. Der Startknopf funktionierte zwar, aber kurz nach dem Start ging die Heizung in die Knie. Die Ölanzeige sagte: „Es ist noch genug Sprit da". Natürlich sprach sie nicht mit mir. Sie ist ja über 30 Jahre alt. Damals konnten die Heizungen nicht sprechen, heute wahrscheinlich schon. Ich bin aber nicht von heute. Klopf, klopf, klopf. Oh, was ist das denn? Auf einmal ist der Zeiger für den Ölstand auf null. Ich habe kein Öl mehr. Ausgerechnet an einem Wochenende und drei Tage vor Weihnachten!

Freunde von mir haben so eine App, die sie nicht nur über den aktuellen Ölstand ihrer Heizung informiert, sondern über vieles mehr. Andere Freunde sollen so ein Ding haben, das ihnen sogar in Worten mitteilt, wenn sie Öl bestellen müssen. Dieses Ding soll sogar einen Namen haben, Alice oder so 'was. Es ist ja wie im Wunderland. Aber ich lebe nicht im Wunderland, sondern in der Realität. Und meine Realität ist zum großen Teil noch analog und nicht digital. Verpasse ich etwas? Muss ich mich anpassen, integrieren?

Alles digitalisieren? Ich finde, man muss nicht alles mitmachen. Nein, ich komme auch so zurecht. Analog eben und nicht digital. Gut, ich muss zugeben, manche Sachen sind praktisch, wie zum Beispiel „Online-Banking". Apropos „Banking". Ich muss schnell einige Überweisungen machen. Aber vorher muss ich meine Pillen nehmen, meinen Blutzucker messen, mir einige Einheiten Insulin in den Bauch rammen. Na, ja, was soll's? Ich lebe noch.

Ich gehe in die Küche, um festzustellen, dass ich keine Teststreifen habe. Ohne Teststreifen kann ich nicht feststellen, wie hoch mein Blutzucker ist, und infolgedessen, wie viele Einheiten Insulin ich brauche. Gott sei Dank ist die Praxis meines Hausarztes vor Weihnachten noch einmal geöffnet. Bis dahin kann ich nach Erfahrung spritzen. Also spritze ich und suche die Pillenbox. Oh, morgen muss ich sie auffüllen. Wenn mir morgen irgendwelche Pillen fehlen, bekomme ich sie jedenfalls am Montag. Also doch nicht Murphys Gesetz?

Erst einmal mache ich mir einen Tee, oh, kein Tee da! Ja, dann mache ich mir ausnahmsweise einen Kaffee. Ich habe seit einer Ewigkeit keinen Kaffee mehr getrunken. Auch die Suche nach Kaffee bleibt erfolglos. Also doch Murphys Gesetz?

Bevor ich einkaufen gehe, will ich schnell noch ein paar Überweisungen fertig machen. Ich setze mich an den Computer. Jetzt steige ich ganz schnell in die digitale Welt ein - was ist das denn? Ich brauche einen neuen Tan-Generator! Wieso das denn? Ich hatte mich gerade an den Tan-Generator gewöhnt, den ich vor kurzem bezahlt und bei meiner Bank abgeholt hatte, oder war es letztes Jahr als ich ihn bekommen hatte? Ich glaube, es war sogar vorletztes Jahr. Wie die Zeit vergeht! Jetzt brauche ich wieder einen neuen! Heute klappt aber auch gar nichts!

Also doch Murphys Gesetz? Wird alles schief gehen, was schief gehen kann? Erst fällt die Heizung aus. Dann fehlten die Teststreifen und nun die Bescherung mit dem Tan-Generator. Eine schöne Bescherung ist das, kurz vor Weihnachten.

Wenigstens habe ich schon den Weihnachtsbaum. Beruhige dich, sage ich mir, alles wird gut. Ich gehe zum Briefkasten, um die Zeitung zu holen. Keine Zeitung da! Jetzt werde ich wütend. Ich will bei der Zeitung anrufen, komme in eine Warteschlange. Während meine Wut steigt, fällt mein Blick auf die Zeitung vom Vortag, die noch auf dem Esstisch liegt. Sie ist vom Samstag! Also ist heute Sonntag! Sonntags bekomme ich keine Zeitung. Auch Einkaufen fällt aus. Ich lege den Hörer auf.

Schicksalswahl in der Türkei und die gescheiterte Integrationspolitik in Bezug auf türkischstämmige Mitbürger in Deutschland.

Es ist der 14. Mai 2023. Die Schicksalswahl in der Türkei hat stattgefunden. Die AKP hat die Mehrheit im türkischen Parlament errungen. Der noch amtierende Präsident Recep Tayyip Erdoğan hat die absolute Mehrheit an Stimmen nicht erreicht und muss in die Stichwahl mit Kemal Kılıçdaroğlu. In Deutschland allerdings haben 65% der stimmberechtigten Türken für Erdoğan gestimmt. Meine deutschen Freunde und Bekannten verstehen das nicht. Wie kann man die Vorteile der Demokratie genießen und gleichzeitig einen Autokraten wählen?

Ich antworte mit den Worten: "Deutschland und die deutsche Politik sind schuld daran, dass 65% der hier lebenden Türken Erdoğan wählen." Meine Worte treffen auf Unverständnis. Es ist nicht leicht, mit ein paar Sätzen eine Erklärung zu liefern, warum das so ist. Ich will es dennoch versuchen.

Am 30. Oktober 1961 wurde in Bad Godesberg ein Anwerbeabkommen zwischen der Bundesrepublik Deutschland und der Türkei unterzeichnet. Danach kamen Hunderttausende aus der Türkei nach Deutschland. Man nannte sie Gastarbeiter. Laut Abkommen sollte ein Gastarbeiter nur zwei Jahre in Deutschland arbeiten können, dann sollte er zurück in die Heimat kehren, das sogenannte Rotationsprinzip. Einige kehrten tatsächlich zurück, aber viele blieben.

Wie man am Abkommen sieht, hatte die deutsche Politik nicht vorgesehen, dass die Türken längerfristig in Deutschland bleiben. Schon allein die Bezeichnung "Gastarbeiter" besagte, dass sie nur Gäste sein sollten und keine Migranten. Weder die Deutschen noch die Türken dachten damals an einen langfristigen oder gar dauerhaften Aufenthalt in Deutschland. Die türkischen Gastarbeiter kamen ohne ihre Familien und hatten fest vor, in die Türkei zurück zu kehren, sobald sie genug Geld verdient und gespart hätten.

Also kamen bis zum sogenannten Anwerbestopp im Jahre 1973 Türken legal nach Deutschland - als Gastarbeiter, und als solche waren sie willkommen. 1973 gab es

605.000 türkische "Gastarbeiter" in Deutschland

Die meisten waren einfache Menschen aus Anatolien. Sie waren zum Teil Analphabeten. Aber sie waren fleißig und zuverlässig. Insofern würden und waren sie in das Arbeitsleben in Deutschland bestens integriert.

Während der deutsche "Kumpel" nach der Arbeit in die nächste Kneipe ging, ging der türkische Arbeiter zu seinem Wohncontainer und kochte seine Linsen, die er aus der Türkei mitgebracht hatte. Die türkischen Gastarbeiter nahmen nicht am deutschen Leben teil, und die Deutschen zeigten wenig Interesse an dem Leben ihrer türkischen Kollegen.

Mit der sogenannten Ölkrise im Jahre 1973 und den steigenden Arbeitslosenzahlen in Deutschland war es jedoch vorbei mit der Harmonie und dem friedlichen Nebeneinanderherleben. Jetzt sollten die Gastarbeiter aus der Türkei, die keine Arbeit hatten, in ihre Heimat zurückkehren. Es gab sogar simple Berechnungen wie die, dass wenn die Türken in die Türkei zurückkehren würden, das Problem der Arbeitslosigkeit gelöst wäre.

Aber die türkischen Gastarbeiter gingen nicht zurück. Stattdessen holten sie ihre Familien nach Deutschland. Bis 1980 wuchs die Anzahl der türkischen Staatsangehörigen in Deutschland auf 1,4 Millionen.

Um der Flut der türkischen Schulkinder Herr zu werden, begannen viele Bundesländer Integrationsprogramme aufzulegen. So organisierte Ende der Siebziger und Anfang der Achtziger Jahre der Sprachverband in Mainz Maßnahmen zur Berufsvorbereitung und sozialen Eingliederung junger Ausländer, kurz MBSE. Unter Integration verstand man damals das Erlernen der deutschen Sprache und die Vermittlung von Ausbildungsplätzen für die türkischen Jugendlichen.

Damals dachte niemand daran, diese Jugendlichen nicht nur sprachlich ausreichend zu fördern, sondern sie auch politisch und gesellschaftlich zu integrieren. Stattdessen wurden mit den Geldern, die für die sprachliche Integration vorgesehen waren, sogar Korankurse finanziert.

Als ich damals der AWO (Arbeiterwohlfahrt) in Duisburg – ich war in den Jahren 1983 bis 1987 als Mitarbeiter und Kursleiter in den Maßnahmen (MBSE) tätig, und die AWO war Träger der Maßnahmen - die Frage stellte, warum sie ausgerechnet Korankurse mit Integrationsgeldern finanzierten, wurde ich kurzerhand zum Störenfried erklärt. Die AWO gab sich liberal und tolerant. Sie wollte sich mit gewissen Organisationen in Duisburg nicht anlegen. Die türkischen Väter waren auch dafür, dass ihre Söhne und Töchter nachmittags in die Korankurse gingen. Ein Vater sagte mir: "Ich schicke meinen Sohn zum Korankurs. So weiß ich, wo er ist und dass er keinen Mist baut." Ich konnte ihm damals nur Recht geben, denn die Kriminalitätsrate bei türkischen Jugendlichen war damals sehr hoch.

Während man nahezu konzeptlos auf die Flut von jungen Türkinnen und Türken reagierte und sich allein auf die sprachliche Integration beschränkte, erließ die Bundesrepublik am 28. November 1983 das sogenannte Rückkehrhilfegesetz (Gesetz zur Förderung der Rückkehrbereitschaft von Ausländern).

Damit waren auch alle Bemühungen um eine zumindest minimale Integration der jungen Türkinnen und Türken zunichte gemacht. So halbierten sich im Schuljahr 1984 viele Klassen während der Dauer der verschiedenen Maßnahmen, weil viele Schülerinnen und Schüler mit ihren Familien in die Türkei zurückgingen. Denn die Voraussetzung für den Erhalt der Förderung war, dass die gesamte Familie in die Türkei zurückkehrte. 40.000,00 DM kassierte Herr A. und nahm seine 17-jährige Tochter Hatice und seinen 16-jährigen Sohn Emre mit zurück in die Türkei. Der Abschied war sehr traurig. Beide, Hatice und Emre hatten Ausbildungsplätze in Aussicht und hatten in kurzer Zeit die deutsche Sprache gelernt.

Ich mache es kurz. Mit der Wiedervereinigung stagnierten die Integrationsbemühungen der deutschen Politik. Die türkische Community in Deutschland hat es nicht leicht gehabt in dieser Zeit. Nach dem Mord- und Brandanschlag in Solingen im Mai 1993 rief mich mein Vetter aus England an und fragte mich, ob ich mich noch auf die Straße traue.

2005 wurden 48000 türkischstämmigen deutschen Staatsbürgern ihre deutsche Staatsangehörigkeit entzogen, mit der Begründung, sie hätten neben der deutschen auch die türkische Staatsbürgerschaft. Es handelte sich damals vorwiegend um junge Türkinnen und Türken, die in Deutschland geboren und aufgewachsen waren. Nebenbei bemerkt: die Türkei entlässt männliche Türken nicht aus der türkischen Staatsangehörigkeit, bevor sie nicht ihren Militärdienst absolviert haben. 2005 entzog die Bundesrepublik 48.000 türkischstämmigen deutschen Staatsbürgern die deutsche Staatsangehörigkeit mit der Begründung, sie hätten die deutsche Staatsbürgerschaft zu Unrecht erlangt.

Das Signal an die türkische Community in Deutschland war verheerend. Es hieß, solange du Türke bist, wirst du nie ein echter Deutscher werden. Selbst mit einem deutschen Pass bist du nicht einmal ein richtiger Deutscher.

Laut dem Zensus von 2011 haben 4,3 Millionen Deutsche eine weitere Staatsbürgerschaft! Die Liste der Länder, deren Staatsbürgerschaft ein Deutscher haben darf, ist lang, sehr lang. Einen Doppelpass dürfen EU-Bürger, Schweizer, Afghanen, Iraner, Libanesen, Marokkaner, Tunesier und sogar Argentinier haben. 2011 hatten 690.000 Deutsche zusätzlich die polnische, 570.000 die russische Staats-angehörigkeit. Gleichzeitig lebten 1,5 Millionen Türken ohne deutschen Pass in der Bundesrepublik.

Deutschland hat seine türkischstämmigen Mitbürger über ein halbes Jahrhundert lang politisch und gesellschaftlich ausgegrenzt, indem es ihnen ein Mitspracherecht bei der Gestaltung des Landes, in dem sie leben, nicht gestattet hat.

Seit 2012 können im Ausland lebende Türken an den Parlaments- und Präsidentschaftswahlen in der Türkei als Wahlberechtigte teilnehmen und abstimmen. Allein in Deutschland sind es 1,4 Millionen Stimmberechtigte. Diese Möglichkeit der politischen Mitgestaltung hat Erdoğan mit seiner AKP durchgesetzt. Er hat sich für die türkischstämmigen Mitbürger, die die deutsche Politik jahrzehntelang vernachlässigt hat, starkgemacht.

Als Dank dafür wählen ihn 65 Prozent der 1,4 Millionen, also 910.000 Türken in Deutschland. So einfach ist das.

Ich lebe nun seit über einem halben Jahrhundert in Deutschland. Ich bin nicht das typische Gastarbeiterkind. Mein Vater kam 1962 als Arzt nach Deutschland, meine Mutter unterrichtete damals als Lehrerin Englisch am Gymnasium. Als ich zu jener Zeit aufs Gymnasium ging, war ich der einzige Ausländer in der Klasse und auch in der ganzen Schule, mitten im Ruhrgebiet, in Wanne-Eickel. Heute haben die Schulen in dieser Region einen Ausländeranteil von über 80 Prozent.

Ich bin noch immer kein deutscher Staatsbürger. Bei meinem letzten Versuch, die deutsche Staatsangehörigkeit zu erlangen, bekam ich die Einwilligung mit der Auflage, meine türkische Staatsangehörigkeit aufzugeben. Die türkischen Behörden wiederum verlangten von mir Dokumente, die ich ihnen bereits eingereicht hatte. Sie sagten, sie hätten die entsprechenden Dokumente nicht. Beispielsweise verlangten sie die Vorlage der Anerkennung meiner Scheidung von meiner ersten Frau. Als ich ihnen sagte, dass ich diese Dokumente bereits eingereicht hätte, sonst hätten sie mir die Ehefähigkeit nicht attestiert und ich hätte nicht noch einmal heiraten können, nahmen sie mir das nicht ab. Ich sollte auch andere Dokumente einreichen, wie den Nachweis über den Militärdienst. Letzten Endes haben sie mir offenkundig sagen wollen, dass sie mich nicht so leicht aus der türkischen Staatsangehörigkeit entlassen würden.

Laut dem Zensus von 2011 hatten 4,3 Millionen Deutsche eine weitere Staatsbürger-schaft! Ich gehöre nicht dazu.

Die Ampelregierung hat diesen Missstand erkannt und novelliert derzeit das Staatsangehörigkeitsrecht dahingehend, dass die doppelte Staatsangehörigkeit zugelassen werden soll. Aber der Schaden, den die deutsche Politik in den letzten 50 Jahren bei den 2,9 Millionen Menschen mit türkischem Migrationshintergrund verursacht hat, ist zumindest kurzfristig nicht zu beseitigen.

Nachtrag: Bei der Stichwahl am 28.05.2023 bekam Erdoğan 52,14 Prozent der Stimmen, Kılıçdaroğlu 47,86 Prozent. In Deutschland stimmten 67,4 Prozent der Wahlberechtigten für Erdoğan.

Eine Studentin von mir, geboren und aufgewachsen in der dritten Generation in Deutschland, sagte neulich: "Ich bin keine Deutsche. Ich bin eine Türkin, die in Deutschland lebt."

**Andere belletristische Werke des Autors Kıygı
in chronologischer Reihenfolge**

Esmeralda
Fantasy-Roman
Scheffler-Verlag, Herdecke 2000,
ISBN 3897041405

Orca Kir, ein menschenscheuer Privatier und Eigenbrötler, liebt seinen Alltag, der ihm so vertraut ist und ihm ein solches Gefühl der Geborgenheit gibt, dass er jedem, der ihn ihm wegnehmen will, sei es auch nur für ein Paar Stunden, mit einer gewissen Skepsis gegenübertritt. Er führt ein völlig geregeltes Leben, das eines Tages von einem Traum auf den Kopf gestellt wird. Der Traum, in Gestalt einer Spinne namens Esmeralda, lässt ihn nicht mehr los, verfolgt ihn in seinen Alltag hinein, und die Ereignisse überschlagen sich. Ist Esmeralda ein Traum oder gibt es sie wirklich? Allmählich verschwinden die Grenzen zwischen Traum und Wirklichkeit und tausend Jahre alte Erinnerungen werden wach.

Zeynep, eine Tragikomödie in 3 Akten
Deutscher Theaterverlag, Weinheim 2002
(Uraufführung in Crailsheim 2004)

Zeynep, die jüngste Tochter der streng nach dem Koran lebenden Familie Arslan, befolgt die Gesetze des Vaters und zweifelt nicht an der ihr vorbestimmten, der Tradition entsprechenden Lebensaufgabe. Sie gibt sich mit ihrer dienenden Rolle zufrieden, genau wie die Mutter, die ebenfalls keine eigenen Bedürfnisse und Vorstellungen zu haben scheint.

Die älteste Tochter, Nermin, hat sich hingegen emanzipiert, studiert in der Türkei Jura und stellt die konventionelle Familienstruktur in Frage. Der jüngere Bruder schwindelt sich beim Vater so durch, bleibt aber auf Grund seines Geschlechts unbehelligt. Der ältere Bruder genießt als stellvertretendes Familienoberhaupt allen Respekt, auch weil er Arbeit und eine deutsche Braut hat. Sie, Ilona, zweifelt immer wieder die ihr unverständlichen Rollenverhältnisse an, aber es stellt sich heraus, dass in ihrer eigenen Familie auch nicht alles zum Besten steht.

Als Nermin zu Besuch aus der Türkei kommt, begegnet sie ihrem Vater mit unverhohlener Provokation. Als sich dann noch herausstellt, dass Zeynep schwanger ist, steht die Familie vor der Zerreißprobe. Während die Geschwister darüber streiten, was zu tun ist, wird Zeynep die Unvereinbarkeit des Geschehens mit dem ihr anerzogenen Gehorsam zum Verhängnis.

Der (un)aufhaltsame Assimilationsprozess des Alibert von Stein;
(ein Theaterstück in 3 Akten)
Twenty Six Verlag, Norderstedt 2016,
ISBN 978-3-7407-2475-7

Am 30. Oktober 1961 wurde in Bad Godesberg ein Anwerbabkommen zwischen der Bundesrepublik Deutschland und der Türkei unterzeichnet. Danach kamen hunderttausende Menschen aus der Türkei nach Deutschland. Mann nannte sie Gastarbeiter. Laut dem vorgenannten Abkommen sollte ein Gastarbeiter nur zwei Jahre in Deutschland arbeiten können. Dann sollte er zurückkehren. Einige taten dies, aber viele blieben. Das folgende Theaterstück erzählt die Geschichte eines dieser Gastarbeiter. Sie kann sich genauso abgespielt haben wie in diesem Stück.

Hüsrettin geht Salz kaufen
Eine türkische Volkserzählung
Twenty Six Verlag, Norderstedt 2017,
ISBN 978-3-7407-3206-6

In einem Ort zu einer Zeit, als man das Salz "Nix" nannte, schickte der Meister seinen verträumten Laufburschen Hüsrettin Salz kaufen. Auf seinem Weg dahin nahmen die Ereignisse ihren Lauf.

Eine türkische Volkserzählung, frei erzählt nach den Erinnerungen des Autors.

ORXAN, DER HEXENMEISTER
Fantasy-Roman
Twenty Six Verlag, Norderstedt 2017,
ISBN 978-3-7407-4304-8

Zwei metaphysische Wesen, einst Kinder königlichen Blutes, eineiige Zwillinge, Bruder und Schwester, unsterblich, schlüpfen mit Hilfe ihrer telepathischen Fähigkeiten in fremde Körper. Sie verbringen ihre Zeit, indem sie miteinander Schach spielen. Der Gewinner versteckt sich und darf bestimmen, wie der Verlierer ihn suchen soll. Dabei wird der geregelte

Alltag eines Eigenbrötlers auf den Kopf gestellt. Durch einen Traum überschlagen sich die Ereignisse und tausend Jahre alte Erinnerungen werden wach.

Die verlorene Ehre der Familie Aslan
Kurzroman
Twenty Six Verlag, Norderstedt 2017,
ISBN 978-374-0765323

Die streng und gläubig erzogene jüngste Tochter der Familie Arslan ist schwanger. Wie konnte geschehen, was nicht geschehen darf? Beide Brüder sind völlig überfordert mit der Vorstellung, dass ihre Schwester schwanger ist. Der Mann, den man dazu braucht, existiert nicht. Die Möglichkeiten für eine Schwangerschaft, wie die Existenz eines Freundes oder schlimmstenfalls einer Vergewaltigung, sind undenkbar. Die Tochter hüllt sich in Schweigen. Archaische Strukturen brechen auf. Es geht jetzt um die Ehre der Familie. Dass ein Mann im Leben der Tochter vor der Heirat eine Rolle gespielt haben könnte, ist jenseits der Vorstellungskraft der männlichen Familienmitglieder. Sie denken nur an die Ehre der Familie und geben der Tochter bzw. der Schwester die Schuld an dem Geschehenen. Sogar die Möglichkeit eines Ehrenmordes als Lösung des Problems wird in Betracht gezogen. Die ältere Tochter bewahrt einen kühlen Kopf, während die Ereignisse ihren Lauf nehmen.

Die drei Pomeranzen
Ein türkisches Märchen
Twenty Six Verlag, Norderstedt 2019,
ISBN 978-3740712556

Es war einmal, es war keinmal. Da lebte in einem fremden Land ein mächtiger Sultan, der hatte nur einen Sohn, und weil er fürchtete, dass seinem einzigen Sohn und Erben seines Reiches etwas zustoßen könnte, ließ er ihn und seinen Hofstaat in einem Turm einsperren. Eines Tages entdeckte der Kronprinz eine Dachluke in dem Turm. Durch diese schaute er nach unten und sah eine alte Frau, welche mit einem Krug aus Ton auf dem Kopf an einen Brunnen trat, um Wasser zu schöpfen. Er rief nach der Frau und als diese auf seinen Zuruf nicht reagierte, warf er seinen goldenen Ball hinunter. Der Ball traf den Krug und zerschlug ihn in tausend Stücke. Als Strafe belegte die alte Frau den Prinzen mit einem Fluch: um die Frau seines Herzens zu finden, müsse er einen weiten, gefahrvollen Weg gehen und nach den drei Pomeranzen suchen. Dabei solle er erfahren, wie es ist, kein Wasser zu haben. Der Prinz machte sich auf den Weg, um die drei Pomeranzen zu finden, und die Ereignisse nahmen ihren Lauf.

KISMET
drei Geschichten
Twenty Six Verlag, Norderstedt 2021,
ISBN 978374-078-6830

Drei schicksalhafte Geschichten aus dem Alltag, deren Protagonisten sich dem ihnen auferlegten Los nicht entziehen können.

In Deryas Kismet nehmen die Ereignisse ihren Lauf, als es eines Tages heftig blitzt und donnert. Derya hat panische Angst und wirft sich in die Arme ihres Nachbarn.

In Hasans Kismet wird Hasan vor Herausforderungen gestellt, als seine Eltern sterben und er für sich selbst sorgen muss.

In Ardas Kismet wird Arda aus seinem Leben gerissen, als er in seinem Bus für einen kurzen Augenblick die Frau aus seinen Träumen zu sehen meint und sie sogleich wieder aus seinem Blickwinkel verliert.